知覺 PERCEPTION 文学精品阅读丛书·第1辑

格尔玛　主编

爱与生

李　燎　著

首都师范大学出版社
CAPITAL NORMAL UNIVERSITY PRESS

图书在版编目(CIP)数据

爱与生 / 李燎著. — 北京 : 首都师范大学出版社, 2013.6

(知觉文学精品阅读丛书 / 格尔玛主编. 第1辑)

ISBN 978-7-5656-1560-3

Ⅰ. ①爱… Ⅱ. ①李… Ⅲ. ①诗集－中国－当代 Ⅳ. ①I227

中国版本图书馆CIP数据核字(2013)第120594号

知觉文学精品阅读丛书

AI YU SHENG

爱与生

李 燎 著

责任编辑 张慧芳

首都师范大学出版社出版发行

地 址 北京西三环北路105号

邮 编 100048

电 话 010-68418523（总编室） 68982468（发行部）

网 址 www.cnupn.com.cn

北京集惠印刷有限责任公司印刷

全国新华书店发行

版 次 2013年9月第1版

印 次 2013年9月第1次印刷

开 本 787mm×1092mm 1/16

印 张 12.75

字 数 162 千

总定价 140.00 元（全4册）

目 录

第一辑：短诗（2009—2012）

第二辑：短诗（2007—2009）

第三辑：长诗（片段）

第一辑：短诗（2009—2012）

诗歌，我的眼睛

诗歌，我的眼睛
如果被你看到，我就相信
万物的镜子照不出自己的深渊

诗歌，我的耳朵
如果被你听到，我就相信
天籁源头不是声音，是寂静

诗歌，我的手指
如果被你触摸，我就相信
爱并不抽象，爱并不先于行动
要验证灵魂的质地
必须借助肉体的悲欢

诗歌，我的鼻子
如果被你嗅到，我就相信
人，生得血腥，死得腐臭
你以语言净化的一切
会不断形成你的困境

诗歌，我的舌尖
如果你舔舐，我就相信
人类的嗜好罪孽深重
对此你知道说疯话
也许好过说谎言

诗歌，我的头脑
如果你思索，我就相信
意义本身就是界限
我们如此想表达——
却不得不沉默

2012年6月14日

句　子

一个名词和一个动词的关系
如同今天与沉默
沉默从它可以理解的层面
可以表现为一种句式——

正如在过去的某个时间里，你看不见
我交叉着双手，给你唱歌的样子
正如在未来的时间里，你感受不到
一个祈祷者为祈祷的目标
而必须选择的远离
是的，一切都很宁静
我又爱又怕的宁静

但我会想啊——在萍水相逢的故事中
被什么安排的两个人
因为相信，还是因为好奇
在某些时刻，接受了宿命——

在一个清晨，我以为
我看见了你，在星星与天使的队列中

手捧一掬清水，走过我的花园
我为何不拒绝这种幻觉——
我爱，是因为你赋予我的梦

我们的日子在你的情节中
没有人准确地说，
她是谁，她代表谁
感动与意义在关键的节点上是模糊的
相遇属于今天，但更属于昨天

我想你给我的句子——今天的沉默
并不是一句话
它并不能被我用语言包裹进信封，
并不能被我不时地捧读
它在我的目光里湿润我的眼睛
它在我的心里间歇性地跃动
造成我的轻度失眠

2012年7月18日

延　续

今天，部分人类的本能是这样表现的——
做个官吏更容易征服女人
更容易让她们受孕
更高几率繁殖出几个雄性的后代，
即使他们把公共场所当成领地——
醉驾，猎色与行凶

今天的理性与公正是这样实现的
作为一种不断优化的程序，
法律完全能够准确区别违法者的身份
并接受那种辩护：受害者的反抗是她的死因。

少女的血已经干涸在
人们奄奄一息的愤怒里
“平民”身上，
洋溢着唯一过剩的东西——同情
呵，如果爱扭曲成了他们的恨
呵，如果义愤嬗变成了他们的无动于衷

让明天到来吧，
像历史书净化历史的污垢和尘埃一样
爱与一切美好的事物啊
它只是一场流星雨
它可能只是我们心头的小小波澜
解释了我们表达不出的言外之意
生活的背后总是一阵阵寒风
绝不放过每一个有知觉的动物

看呵，我们的乐趣无多
台上冷静而冷艳的戏子希望——
台下要死要活的观众
不，这还不是真相，
在最坏的结局出现之前，
我感到，我们必须满意这种邪恶的生活……

2010年12月14日

如果白天是——

如果白天是卡车和推土机
必有一番景象会牵扯人们的担心和希望
如果白天是学业和课程表
必有一行足迹沿着熟悉的街道在成长

像错愕的我看到眼前的景象
如果我只能想起这么多
一定是因为这日子如此相似
所有的表情都可以翻译成欲望

最普通的比喻总是觉得，生活
是一次次棘手而复杂的考验
生活只是提出相同的问题
让我们做不同的选择
所有的明天都可以化身我们的理想

如果白天是卡车和推土机
建设与破坏都不会
维持我们
摇摆不定的兴趣

如果白天是学业和课程表

历史和常识往往

让现在的我们

习惯性地对过去说“假如……”

2011年3月3日

工 作

看上去已经很娴熟，有人说，
六年的时光，把我变成了一个熟练工——
懒惰的手指磨光了
那些劣质的塑料键盘

但我也会听到抱怨：
“早点开门吧
你的工作事关我们天大的幸福”
是的，我不该通过别人焦急
显示自己的安闲。

截至昨天，没有人“发现”我的汽车
它不在上班高峰时的马路行驶吗
它不为我争取宝贵的时间吗
对于一个耽于想象的人来说
我的车理想地行驶在田纳西州的原野

在熟悉的街道上，我真心喜欢的是自己走路
如果“走路”仍然有些抽象，
请联想它的近义词——步行

这时候，我会想
没买任何保险，是否意味着我的损失不小
但这也是值得的
再多一点身外之物
就会超过我的薄弱的精神内涵

这种优势，不该让我喜形于色
只要我的亲人朋友都健健康康
唉，尽管我对世事冷漠
却还不至于无牵无挂
能说出这些小小的私事
我欣喜，这证实了我的坦诚

我还是感到有些美中不足
我不能完全理解一些小小的抱怨
为什么，有时候
反倒成了我心中的高兴事
谁会知道呢
也许我刚收到一个短信
也许我刚读完一部小说

“来吧，下一个施主
您是自己制造幸运
还是借用我的笨手指和这台蠢机器？”

2011年3月2日

初春，有风的下午

它出现在我的天空里
空旷的蓝色收窄在斑驳的建筑中
我如此轻信：
我偶然看到的这个时刻
17点35分，从此再也不属于任何人

可孤独和房子还应归属于
我的同类
那些寓居在玻璃反光中的人们
他们安静的时候像钢筋
他们躁动的时候像沙粒
而他们消失的时候像水分。

这些出没在我的周围的历程
多像那阵来历不明的风
它绕过了我，并携带了我的目光
看，它短暂地逗留在少女的头发上
然后又鲁莽地冲过一根晾衣的绳子
是的，它总是奔跑在我目光的前面

它吹着两只狗
让它们兴奋和追逐
以及一行树木
让它们喋喋不休

是的，它吹动周遭的事物
以自身沉默而单纯的意志

我如此轻信，被它吹拂的一切
都希望为它代言
不，我可以肯定
它不仅吹动了，
春天、下午和我
还吹动了蕴藏其中的一朵花的忧愁

2010年3月29日夜

最后一课

——悼念岳母吴国菊

你在我身上可以看到这种火光
她躺在自己青春的灰烬上燃烧
灰烬是床，她一定要死在这床上
跟着她烧的燃料一同毁灭掉

——莎士比亚《十四行诗》第73首

那时，她安详地躺在床上
即使她的手仍被紧紧抓在
她女儿的手里
即使她徘徊的灵魂
应该听到女儿的呼喊：
妈妈，妈妈……
可她不再回答
她的表情让人觉得她比死神还冷酷
她的冷酷让医生无奈地离开
让护士撤下所有监护仪
让这些行动宣布——死神夺走生命的事实

房间里只有越积越厚
渗不出泪水的寂静
是的，这寂静是道严密的屏障
阻断任何与悲痛无关的声音

呼吸，离开了她
去了窗外
传播在瑟瑟抖动的梧桐的新叶上
像一阵微风那样
体温，离开了她
停留在
一株紫色的蝴蝶兰上
像温暖的斜阳那样

她仍旧安详地躺在床上
不再对自己身上古怪的装束
表示异议
不再劝说任何人
不要担心
她坦然地接受所有人的
注视和安排。
灵车以有偿的服务带走了她
一名教师
以及她高尚的事业，
这是
她的最后一课

2010年5月

等 着

环卫工挥动着扫把
向着街面泼洒死水
一座城市
正开始一种自新的过程
皆因你听出
发动机里释放了粗野的咆哮
皆因你看到
一种迅捷而新鲜的失望
正准备热情地迎接你

你的桌子上没有茶杯
它的阴影,残留在昨天的报纸上
你从来都毫无准备
在梦和非梦之间那道局促的缝中
你的良心如何失去了位置
过去的恶和灾难仍然挑衅着你
让你忽然看到了毒蛇
你觉得你不杀它
你就活不过今天

你的心里，不是争议
毫无疑问
你能站在你所倾向的反面
这样，你永远是胜者
你想象一双脏手摸着
孩子干净的脸蛋儿
或许人类从来如此
唯独你对此难堪？

于是，你等着
皆因在可以想见的一切中
等着，是最合理的方式
皆因你在除人以外的万物中
都看到过这种趋于神圣的耐心

2010年4月9日

心

心啊，我在泪的浓度中认识你的时候
我漂泊，我挣扎
为了爱与背叛
为了思念与抱怨

心呵，我从血的浓度里认识你的时候
我痛苦，我受挫
为了热忱与冷静
为了觉悟与宽恕

2010年3月14日

读与写

任何一株树
都接受人类观察
它伫立在那儿
以久经风雨的姿态
打开，并注视它赤裸的果实吧！

这微不足道的动作
这沾染着人性的行为
尽管你不会希望
但总会有永不宁息的善恶参与进来
就让争端在你的心中持续
请相信人的恐惧，懦弱，动摇与卑微
如同他的傲慢被生活拯救

但至今树的形象仍然伫立在那儿
接受这个故事吧
它曾经只是一个毫无经验的读者
但它继承了一株树的理想
并学会了如何在春天中
展现它精神的再生

2010年3月11日晨

爱与生

春天总是高姿态地出现在
每个人的领悟和困惑之间
你从中做了些什么?
你从中做了些什么?
除非我成为你规定的一部分
在你凝重神情之下
我又有何选择?
我出生在哪儿?长成什么模样?

你,总能绕过记忆
抹去痛处,让我啜泣之后又微笑
甚至,我毫不察觉
你,让我走到我面前——
带着那些让我哑然失声的景象
童年和青春——
那些陈年的冰雪在消融
不,不
寒意不是过去的唯一感受
我甚至能确切地描述,什么是温暖
爱给一切以适宜的温度

是的，我能在任何温度里
领略你，只因为爱的丰富或匮乏

尽管你同空气一样虚无
一样空旷，一样不可表达
但我所做的，并不徒劳
一生用以重复童年未竟的事——婴儿那种爱
自然而好奇
我会倾向荒唐而略微伤感地
去你的领地里冒险——
出于感官，我就去爱
因为光
是视线的界限，除此之外
我们看不到别的
出于悬念，我就去爱
因为意外
是宇宙的奥妙，除此之外
我们感受不到别的

像我们在春天中学到的一切吧
或多或少
如果一些份额是留给我们的，
爱吧，生活吧，尽管我们从来都可能
因此而变得
盲目而孤独……

2010年3月9日

空虚补偿一切

太阳仍然
悬浮在我和你，以及全人类的头顶
哦，这足够了
是我们没有勇气承认
奇迹原来如此平淡
既是时间，也是时间里的
那些事件
我们要理解的，但必先让
我们猜测——
成人为自己所做一切
不会超越孩子所作所为

记忆没法告诉你
哪些是你没见过的
哪些经历又如何重新唤起了
你的好奇
你仅仅愿意写在纸上
就这么简单
你的喜悦和苦闷

如同越搭越高的积木
都在摇摇欲坠
作为一种多虑的动物
谁想稍微平静一些
谁都要找到言说的对象
但一个可恶的感觉
总是不早不迟地到来
它瞬间向我们揭示
——幸福是作为
一种补偿而得到的

是的，灵魂补偿肉体
空虚补偿万物

2010年2月9日晨

快乐或平静

——致DH

好孩子，有时候我们想停下来
不工作，也不阅读
不应允，也不幻想
那是因为累了
如果此时，我仍旧对你说话
是因为我需要表达
你听着听着，你打起了瞌睡
你揉着眼睛
你以为那是我在安慰你——
其实我比你得到要多
你嘴角的微笑，带给我幸福

我只是多余地提醒
记住你要去的地方
在那儿，遇到你将遇到的人
我们不能记住生命中的每一天
不是每天，我们都这么笨——
这里面重复的事情，如此平凡

但是我有一种愿望
好孩子，你可要高兴
并非天天高兴，而是你感觉
你不必惦念任何人的时候
你双手抱着甜瓜或土豆
像一只幸福的仓鼠

2010年3月17日

人会钟情于时时挫伤他的事物

在苦难的欢腾中，歌唱着人的不成功

——奥登

这正是你所看到的，当我举起了右手
用没有负载认同感和目的姿势
把你召唤！
谁愿意以指示代替爱抚
就让他那样做吧
可我啊，我的右手
是的，我像所有无助者一样
渴求你的理解

尽管我从未理解
我相信它的暗示
人的很多不成功的愿望中
人会钟情于时时挫伤他的事物

当充满逆反的青春
为我们画出界限
一个中年的男子，能做到什么

如果他的遗忘
能妥善地把过去与未来隔离
哦,请接受这种假设
拥有和失去都让他不幸?

因为这过分的安全而想死
因为习惯自欺而害怕孩子嘴里的追问

那会是什么时候?
谁看到过并洞悉着?
一种从来不显现的目标
就像天使并不从壁画里飞到我们眼前

我们的绝望向前突进，一步，一步
那就是我们的安慰，脆弱的内心
孤立无援的天真
支持着我们的信任

这正是你所看到的，当我举起了右手
用没有负载认同感和目的姿势，
把你召唤!
总在开始的地方重复开始吧
徒劳或者无所事事地
寻欢作乐与受苦
无动于衷地
爱与同情

2010年7月

只想回家

阴霾的天气揭示了
人在疏远自己的时候
会显得多么地自爱
我的沉思是种无意的选择
我的意念是涂抹
一个女人嘴唇的口红

寂静发自冬天的肺腑
一场小雪
在手里拿着车票的人的嘴里呵出热气
呵，大街上，多少人举目四望
在出租司机摇下车窗的时候
多少人的目的将带他们回家

人在忘记自己的时候
多么容易满足
阴霾的天气提供着他们的
冷，孤独，忧伤
提供着他不能抗拒的诱惑

他融合进某种事物

如同雪

在远处——麦田、原野与大地的怀里

2010年2月7日

白的纸，透明的水

白色的纸张，透明的水面
这种限定和它们的本质无关
冷热与明暗
逻辑和语法都与它们无关
是的，我画出一个圈
与我写下的一个名字
和我的愿望无关……

钟声会以什么方式敲响
河水会以什么方式流动
天鹅会以什么方式飞翔
石头会以什么方式诉说

不借助技艺，也不借助咒语
在完成生命的过程中
爱
不介意
被作为手段还是目的。
爱
高尚且自由

2012年夏

离　开

冬天开始的时候，你和同伴在雪地里
跑着并喊着："不　，不"

那来自南方的声音并不在耳边

火车离开站台，你离开属于我的城市
眼泪将考验我们的成熟
我追赶着那双挥动的手并不在眼前

并不为了接受一种结局——
愿望离开激情
一个火热的称谓
离开一封长信的开头……

并不为了接受一种结局——
我们收回了双手和拥抱
我们的语言
离开三个月形成的习惯……

2009年冬天

艺术体操

请看，她们
如何克制自己
仅用娴熟的微笑修饰青春的脸庞
恰如她们将绳子或圈
掷向空中之际，赋予我们的体会
——和时间一起变慢
是的，那一刻她们如此忘我
以致不惜自身被所有的目光抛弃
当我们身上那种善变的关注转而
追逐她们刚刚设置的悬念——
那根绳索或者圈子

可没什么能够拯救，让她们脱离
挑剔的裁决
甚至期望和掌声
都具有了形状
是笔直的绳索
是环状的压力
然而，她们不会一无所获

即便手中接到的

只是一次淹没在惋惜声里的失误

看啊，她们——

如何释放自己

溢出的情绪带动着一条优雅的曲线

在青春的胴体上起伏

2009年10月30—31日

在斯嘉

啊，斯嘉，你曾经盛大
是风带我们来的
为了接近你
如果这故事有些偶然
是因为
它吹到哪儿，我们就走到哪儿
从此
只有你知道我们到过什么地方

当我们从高大的城门中进入
正在接近——那些鼓舞人心的发现
是的，那里有几乎不为人所知的历史
重现我们面前，许多人，都认定
我们应该来自其中
但他们还是要默默地离开

是的，对你，我依旧怀着
质朴犹如陶器的感情
但我们不知道

在我们身上，什么在传承
什么在变化
我们会有过去的骄傲
可对未来的期许，必须是胜利
即使一个问题是可怕的——
什么样的胜利，会满足我们？
即使我们多次探寻自身
又置身事外
像一个陌生人一样
嘲笑自己！

历史依然沉重，
我知道，一种事物
正载着昔日的你
迫近
我必须在记忆里做一次仰望

星星啊
我说的话
我远方的亲人能听到吗？

2009年10月4日

夜晚的语言

夜晚，夜晚
我听到了属于你的语言
哦，你的黑暗
把人类征服
让他们蜷缩，昏睡与淫乱
哦，深陷其中的人啊，
看不出唯一与一切的界限
那无处容身的自己
那丧失自己的自己

还有什么能超越本能的寂静
像白天里的——呼喊
那是我们的手
欲望的黑夜里
不停地伸出并张开

2009年11月20日

第二辑：短诗（2007—2009）

珍　珠

应是在我顿悟前的刹那
误解了你一次无心的眷顾
才发现后来
无论
身边的溪流平缓或者匆忙
都带不走孤影
缱绻的哀愁
也带不走浮萍
缠绵的愿望
只是四季似乎不断重复
陈旧的喟叹
多少往事
被造化换了面孔又重来
拜访
每一个寂静的午夜
分明难挡的思念搓揉着
我的心
就如同随波逐流的沙砾

而你
需要多少岁月
才会邂逅
喘息在河床里
那枚丑陋的牡蛎
才会发现
躁动在牡蛎里
那颗羞赧的珍珠

2007年12月7日

正 午

此时没有人发觉
阳光妩媚了一个正午
昨天已经被定义为过去
现在即将被定义成过去
所以我荒芜
所有的烦恼都怦然生长
春天只是错觉多些
一些故事此前已经发生
你若睁开眼睛就丢失梦
丢失的梦也曾迷醉你的心
轻佻的眼神给她自己看
坐着，默想承受诱惑
来吧
这是使我欢愉的悲伤
已然发出的邀请
只是幻想延续了丢失的梦
这段时间被保留下来
因为一种鸢尾花的容颜

触动我写一首诗给自己
写一首诗给自己
只是愿望延续了丢失的幻想
所有的细节都在我的后窗
在我的后窗
阳光依然妩媚着
一个必将过去的正午
是一首我写不出的诗

2008年2月27日

三　这夜，我选择自己

（1）

当影子，在墙壁上折弯了自己
有人破碎，有人完整
在这凄冷的风中
有人镇定，有人惶恐

找寻着关于活着的证据的人
要和冰冷的尸体对话
一个赶路人的不够纯粹的动机
要与逡巡者的恐惧沟通

在共振的宇宙中，什么散落了？什么在向你围拢
是我们的心，掉落了，它周围
哦，围聚着冬天产生的碎冰

你在那白色的忧郁里会有阴暗或光明的选择
你看到的纯洁与孤独的事物
会重合也会分开

(2)

告诉我，你都看到了什么
时间和它制造的废墟
还能说出的痛楚
是行进的汽车压疼你的视线
呵，事物流淌在橱窗以外
漂浮着欲望证实人将朝向哪儿
什么导致了他们的轻浮

是呵，我怎么排除自己
在你认出我之前
我是个不具有面具和良心的人
我像影子一样追随你
但我仍旧向你保证，不安和愧疚总会过去
如同街道里的车流

(3)

如果我这样去睡，我会很幸福
别再碰我吧，这时候我最软弱
最不稳定的呼吸会告诉你
我在梦里哭，温暖的眼泪会冰冷

睡梦会埋葬记忆
记忆会埋葬我们的前生
忠告和来不及完善的谎言会问

当我不知道说什么

一个人，没有那么多的前提
只要活着，可以畅快地呼吸

别再问我
在答案揭晓之前
一个人要享受在疑问里的空虚

2008年冬

一　月

等待……

我恢复记忆的时候

要知道人们之间如何表达热忱

对此我更想说：不能

冷静的一月不能被任何人的热情

催促，它不能因此过得更快

祝福不能像咒语一样

忧伤不能被轻易驱逐

一个不再回忆的人，也不再希望

因为初生的婴儿都在啼哭

为其所诞生的世界——

我猜测，这是神的善良的安排

让所有的人都置身一个睡梦里

是的，我们可以随时醒来

是的，诱惑和惊吓共同完成了救赎

即使仍有传说中娇艳的玫瑰

温柔地注视我们
即使人们睁大他们渴望的眼睛
像麦田一样的寂静

我们失落又向往的事物
像冬天一样
在耀眼的白色的坚冰的光芒里……

2009年元月

灯 火

暗蓝色的天际
往昔失去了它陡峭的起点
未来亦失去了它平缓的岸
星星的分布写满宇宙暗语——
一切皆空呵！

只有作为黑暗的后裔的夜
悲悯地笼罩
没有内容的冬天永远在
冬天的里面，产生
不可聚合的火焰
在热量的外缘，水
改变着她柔软的形体

直到大地重新获取
温度与重心
在屋顶大开的
瞳孔中
裸露着人间灯火——

智慧点亮了伤感的疑问

忍受教诲我们怎样地回答

2008年冬

行　程

这是你的行程，因为生活
从一个城市到另外一个
之间，总有我计算不出的距离
路途模糊着你的背影

在每个关于你的日子里：
我计算着渐渐远去的一切
我总想发出我的疑问
每一句都掩藏着我最想说的话

天空开始下雨了
白天和黑夜已经凝结
紧紧地如同你抱膝而坐的样子
你的方向吹来风
掀动我案头的纸张
吹进我开敞的领口
是的，风会翻译出
那些掩藏于七月里我的心事……

2008年7月

请你铭记那些平凡的细节

请你
铭记那些平凡的细节
那些身处自然界里的
河流如何睁开它的眼睛
那些枯黄过的叶子如何在
盘旋，在飞舞，在坠落
是造化
从不急于给它们一个归宿?
还是风呵，那些横行的
沉重的空气
把一切宿命推动

这吹拂了几代人的风
席卷了城市和村庄
在旷野里上演
在闹市里落幕
而生命
就像春天树枝里的
被吹拂的静默、不安与抖动

这是个神秘的过程，萌芽

成熟，死亡在

你叫不出名字的现象里……

2008年3月

你身边听话的男孩

我无法拒绝一种沉醉
当你呼唤我的名字
我或许被看做一个男孩儿
别说那些成年人的话
真的呢，我一直都不想长大
别忍心就这样让我清醒吧

我愿意只是一团春天里的柳絮
被你的温存引渡到任何地方
哦，我这丢失多年的恋人
玻璃后面是水银，水银的后面是你的长发
爱我吧，就在今夜
许下一个心愿给我，在我吹熄蜡烛的时候
和我分享这寂寞的黑暗
同时唤醒我们的触觉
你所有柔软的部分
将为我指出光明的去处
即使我晕眩
也渴望你用任何一种方式拥抱我

然后，轻轻地呼唤我的名字吧
你知道，这时候
我的愿望是做你身边
一个听话的男孩儿

2008年3月

二　月

谁会和我约会在一个下午
你知道我想问你
你的回答经历5个小时
气温下降了6度
我的手指连续打错了7个号码
哦，这个经历时间和错觉的
光晕，在雪佛莱的尾灯上
闪烁，在夜晚的神经上游走

她们只说二月的短促
爱情的庆典
却在此时
多么偶然的巧合
节日过去了，爱情没能
超越玫瑰花期

我种植白菜的根须，替代玫瑰
我用PHILIPS刮我珍稀的胡子
恢复青春

白天太暧昧，夜晚又太隆重
你却总是那么的笑，自然
而戏谑
当我的嘴回味着我想象的吻
什么也不会解释
这个夜晚，你要在我
激动的心跳中入眠

2008年2月14日

2月24日夜晚如愿邂逅一首诗

——致鱼儿

你悄无声息地写着
灵动的笔触，沙沙作响
你让幸福如同这个夜晚，
随意之间，那些从容句子
都撩动我的心
去追随
你晃动起来的秋千

你浑然不觉地收获
打捞着
鲜活跃动的灵感
即使你也会因疲倦
沉沉地睡去
但清醒时你肯定：
“爱情会让人无耻地再度纯洁”

你手指着“闪电划过”的地方
你说，为了“迎合大海的忧郁”
我们必须置身“在大雨的街头”

2009年2月24日

指给你看

嗨！萧潜，离开你悬空的“庄园”
我的朋友，听，听，听
那些唱歌的花里，有迎春，百合，与合欢
一到西区街，你可要向左转
看见那个大胡子，你可要踩刹车
他可是你小时候的伙伴
快来吧，我们要好了“老白干”
快来吧，一个男孩的父亲
不能如此腼腆
才21点，不要急着看来电
有的是时间，你的车灯冷得刺眼
姑娘们的裙子会遮挡夜的幽暗
好兄弟，我要指给你看——
喧闹的街道，就是你的江湖
烧烤的痕迹，多像那战争的硝烟
V字的领口，绕着青蛇般的项链
等你开启的魔戒 ，等你用ZIPPO把“钻石”点燃
哦，你性感的脸

遥控着一个美女孤傲地旁观
那些因此上火的时间
那些，我们摆脱不掉的纠缠
那些，芫荽，胡椒，和孜然
那些，空虚，焦虑，和厌倦
那些东北人的饭馆
那些西北人的拉面
以及嘉禾啤酒的泡沫里的反刍，哦 哦 哦
悠着点，我胃酸
皮皮大声地叫喊：“想掉脑袋吗，去卖私盐”
大胡子说：“我要时间，我要浪漫
一个人5分之2的概率会死于荒诞”
这些都抽象，小潜，你该关注美女的腰间
那些白晃晃的皮肤，比你的车灯还刺眼
干了这小杯，然后醉倒一大片！
跟着我数1.2.3……
哦，一个妇人搭讪说：
那个夜总会不远
除了兜售洋酒，也交易青春和尊严！

2008年4月5日

意识的慢摇滚

夜晚的习惯
是用黑色漂染天空
那些很远的星球
只是钉在视觉之上
反光的钉子
雾霭
在10米之外繁衍
并夸大每一种未知的恐惧
汽车也变得谨慎
像是遭到惊吓的人
和她们捂住的面容
也捂住让我乏味的暗示——
我一个人回家
赴两个人的晚宴
当一切都被重复
我就坐下来
点烟
音响里回放的是超女的歌声

一直循环循环着

从每一次喜欢

到每一次厌倦

等待我的

不是

醒着去看赤裸裸的谎言

就是

睡着接受冷冰冰的失眠

2007年12月20日

雨　水

每当你到来的时候
我都会前所未有地幸福
像个孩子
像孩子对未来的期许
当我面对你——
清澈而温润的你，
含蓄而羞涩的你
就会说：你一定像什么
滴进了早春的池塘
漾起了无数的涟漪……

你比我所有的比喻
都美好，譬如炊烟，窗口和风笛
其实，你就是春天，是她的泪水
你潺湲在我的眼里
你触摸我紧张的身体和干渴的大地

其实，春天就是你
是所有我最想知道的秘密

我看到了，山峰，花朵与潮汐
在你的身上
涌动着青春
耳语
诗句
涌动着被春风唤来的
一种亢奋而纯洁的情欲

2009年4月

今天，我荒诞地猜测

我能做的就是描述自己
即使每段时间都
如同过去的那个严冬的下午
如同犀利的寒冷
如同我弄不清缘由的
那些大街小巷里的落寞

我含混地读着那些含混的诗歌
什么也别想激励我
有人庄严地呼喊
真理的激情与正义的鼓舞
伟大的祖国与人类的前景

同样什么也不能恐吓我
他们善意地提醒着：
堕落的惩罚与空虚的罪恶
世俗的秩序或神圣的天国

我只想静静地吸烟
荒诞地猜测

假如记忆突然消失

我却能够写出一个人的名字

假如悲伤突然来临

我又必须亲手把那名字涂抹

假如心还是自己的

意识却属于另一个人

假如人生的一切都可以用来赌博

假如我能用冰冷的今天下注

去赢回那温暖的昨日

2009年1月10日

意愿之在

意愿之在，令我在
夜晚的命运，会为此时安排一次相逢
我的感受被镀上金的底色，闪动，如同你的眼睛
我包围你，却不再轻信这是错觉

我的精神穿着午夜的盛装
不， 我还不习惯这样的感觉，我会紧张，像孩子
在你的眼中，我只是不成熟的诗
凌乱的词汇比七月的树叶还要丰茂

我的梦呵，如今也将是你的一部分？
但我不会把你唤醒
我只想安静地守候你，到早晨
如同未知的星星守候月亮，到黎明
意愿之在，令我在
也令一切不为人知的奇迹在：高贵的神呵，俯瞰着我们……

2008年7月31日

四 月

据说四月会在死去的土里
生长出结满欲望的丁香
春分之后，一个满月的日子
圣子也将复活
这些迟到的奇迹，像你14岁时的身体
开始了对我的诱惑
我承认所有的眼泪都让我心碎
在思念之前就拥有了生离死别
而那是我们在摇篮里目睹过的
六道之内拥挤着相互祭奠的生灵
而那是我们周岁之前，唯一的回忆
那时候一切液体都浑浊
湖泊以及大海，山涧以及溪流
汇聚，并渗透在沙砾和黏土的缝隙里
获悉善恶轮回的真相
看啊，在它们那些相互浸润的瞬间，有我们的影子
20年后，你只能在街口看透橱窗里的骗局
你的唇膏不再是口红

丁香将开始妖冶而性感的进化
宇宙自躁动开始归于沉寂的时候
一些人支起坟墓般的帐篷
别说这很无辜，一切都缄默着
保持着控诉时候最肃穆的神情
如果还能为此时的信仰保留最后的物证
推开门的任何时候，何不与我一起
采撷那花园里拒绝开放的玫瑰
镶嵌在
即将莅临的黑暗中流星般瑰丽的眩晕里
他们纷纷坠落的时候，你将会莫名其妙地感到你的性别
从此，保持这些神秘的感觉
猜猜看，这些锡纸会包裹什么？
丑陋的暖气管道上
悠游着可是一只流浪猫？
我在楼下查看自行车轮胎的时候
它为何观察我？
夜莺的歌唱沾上了午夜的寒露
是你温柔的微笑在滴滴铃声里渐渐失散了？
哦，我多像一个与此毫不相干的人
傻呵呵地回答：我在等待四月的来临
可我总能感到意外
因为旧绳子和螺丝刀
因为打气筒和皮带轮
因为我这样说话，会被误解成诗人
我没料到愚蠢的园艺工人锯掉国槐的树冠
是强迫它发芽，哦，这些倔强出奇的种子

在万劫不复的轮回里重逢过无数的四月
它鄙视着人类的伪善
是啊 我没料到人们因此会赞美它顽强
更没料到一生都习惯这样撒谎
亲爱的，我必须忘掉这些
你就要来了，我看着卡夫卡写给密伦娜的情书
就热泪盈眶，来看我，任何时候，我都相信你是奇迹
对了，别忘了，带些重瓣的茉莉
你耳廓的温度，最适合让她飘散
然后让她缠绕你的双肩
别让你手机的电池亏电，别让你的车用含铅的汽油
天啊，有多久了，我不再对
是的，我已经将书橱腾空
好存放你喜欢的冰淇淋
你说：“管它呢，雀巢还是和路雪”
可这一切都在情理之中
那只流浪猫转弯了
我却发呆看着，没有一颗星星的天空
你收回的手就是为了得到我的拥抱
以前我们就是这么约定的
那是在记忆之外模糊的前世
是你过去的胭脂，和眼前的冰淇淋
哦，是落花失身于流水
以及冬雪在四月里的分娩
这是爱吧，除此之外还有什么可能?

2008年4月

记事本

我把所有的昨天，视作深夜的底色
以映衬那座繁星闪烁的花园
我和许多感觉一起生长
纵然瑟缩其中的——
只是一种落寞的美

纵然那绝世的花朵，会以阴影的形象
显现于我的心头
我并不沮丧，看呵
始于城市的边缘的春天
正向着夜空，展现一个迷人的微笑

就用你的手把那些窗口打开
对着星星的眼睛，但别晃动那些梦境
深藏我，在里面
在那个秋天金色的底蕴里面
我将成为一首诗歌高尚的韵脚

我们要拒绝时光馈赠吗
纵然那些刀锋般的字迹里

还留着清晰的伤口与疼痛

哦，深知夜的命运的人——

抱紧我，是的，用你的忧伤与期望……

2009年4月5日

立 春

我关上门，为了掩盖自己的声音
不，我不会用期待惊动你
躲在星空里的寂静
和它周围无法形容的夜晚与背景

没有准确的词语，帮我
说出你动人的事迹
没有窗口，反射出你清澈的眼睛
没有力量，也没有勇气
帮我，捕捉你柔软的双肩
把羞怯的手放到脸上
感受你曾经的脉脉温情

直至我的沉默失效
我才想到说话，像个疯子
拥有了信仰，但并不冷静
对着苍白的墙壁——不断地询问
在你怀里，还会有人感到冷吗？
在柳树颤动的枝条上——狂热地聆听

那些细微的响动，冬眠和苏醒之间
什么在新生？

当我关上灯，在黑暗中
平躺下疲倦的身体
从此不由自主的我
感受悄无声息的你的来临，
你以什么方式，让我走进一个梦
这时候——这感觉
是久违的离别，又是陌生的重逢！

2009年2月3日

勤　奋

我读着、写着、 也冥想着
一些玄学，神话，和假说
他们说
这个宇宙爆炸过
那粗野的力量扩张也蔓延
制造了自在的存在
星系，从此，开始了旋转，沿着
时间与空间合成的轨道

这是一种悲悯的圈养
也像一次残酷的放逐
可是
谁失手点燃了那根导火索?

在明与暗的缝隙里
再把影子，和光的对立
变成深渊与峭壁
延伸成了马里亚纳的海沟
喜马拉雅的雪峰

还把恐惧和诱惑
带给生命
如同肥沃的死亡
结出了情欲妖冶的花朵
可是
谁领悟了迎春花的寂寞?

这些，恩典啊一下来了这么多
领赏者，这些需要证实的人
这些有待识别的人
只是那些
久已习惯了的伪善与做作
这暧昧的姿势和表情
再也，不值得过问，历史
只是干净的石头上，刻下了肮脏的字么?
磨平了孩提时代，我心头的天真和轻松
还开始了，我对爱情温柔的轻信
如同混沌的善恶
可是
谁划开了那道界河?
可是
谁这样把我和信念剥离过……

为什么从来没有，具体的形象
激发出一个魔鬼或天使
在我的想象里
可疑的人间的一切啊

能让我放纵
也让我虔诚
这倒像一种惩罚
被围困在有限的知的境界里
无限地奢望， 去洞察
但没有什么比这更是种逼迫
就是说，此生之前，我早就无数次在困惑里死过——
数十亿年里
谁又让我无数次带着无知复活？

每次我感到我降生。都遇到，完全陌生的人
这样，一切过失，一切谎言，必须从头来过
有关世界，人生，与爱情的一切，是泡沫
我觉得——它热了，胀了，碎了……
我与宇宙
获得了同样的命运
——我一直是一个
同宇宙一样的泡沫
可是
谁会原谅
我在光阴里犯下的错？

2008年6月15–21日

声　音

太阳，从法拉利的底盘上抬升
长成了悍马高度的一个早晨
哦 它傲慢的宽度，会让
十车道的香榭丽舍大街显得狭窄
欲望锋利地如同蓝吉列的两侧
这些刀子如今在菲利浦的顶端飞旋
据说它将征服男人烦躁的下巴
好刺痒女人柔软的腋窝
这罪该万死的情色呵
财富居然也掌握了隐身术
钞票多了从何时起不再给人安慰
就像爱情的崩溃总让人意外，
9：30是什么时间，那些人在欢呼什么
从这片荒漠里长出的低矮的庄稼
你猜不出那些税务大厦的高度炫耀了什么
你也分辨不出嫖客的身份算不算丑闻
他们相互拥挤，然后离开
带着惰性气体光亮下满足的神情

该拍卖的都拍卖了
裸体完了，就是骨骼
伦琴射线，没看透浑浊的玻璃体
多少人戴着墨镜坐进了飞往巴厘岛的上等舱了
波音747，那体形庞大的蚊子
它们成群结队地喝着地球的血
呵，文明，进步，让胆小的人恐惧
那么多一念之差的空难呢
是呵，海啸，地震何尝吓倒了人类
那时间被堕落碾成薄薄的批萨饼
谁也不会留恋什么
神圣的教诲，以及遥远的福音
赶在死前尽量咀嚼吧
在可口可乐里，还来得及掺和一些乙醇
别以爱的名义叫任何人的名字
别以节制的名义劝阻任何人的冒险
呵，没有人能听懂一只蟋蟀的声音
这纯粹的天籁实在不多了
而我失望地抱住头，我的耳边就环绕着
那些机器的呼啸，咆叫，呻吟，以及
60亿种难以区分的心房空旷的破裂的立体声……

2008年4月26日

三　月

别怀疑
那一瞬一定是你的微笑
以七只鸽子的翅膀
振颤了春天柔软的心房
你知道我想说
天使啊，请抚慰我身不由己的慌张
请确信
那一瞬一定是你的注视
让我成为春天里的灰尘
看我如何以无助的样子在你面前飘荡
你知道我想说
我可不可以在爱来临的时候看清她的模样

三月是谁的歌声?
哦　他们唱　他们唱
所有爱着的人都幸福
所有爱着的人也忧伤

三月是谁的歌声?

哦 他们唱，他们唱
你的等待也像是流浪
我的痴情也像是说谎

哦 他们唱 他们唱
我已经开敞我柔软的心房
爱召唤了我们就皈依她的方向
爱的真相——你无法思量
即使你离去得匆忙
我等待得无望
即使你是鸽子优雅地滑翔
我一如灰尘在风里无助地飘荡
我不能拒绝这爱的三月啊
她的美在于一瞬间
你的微笑曾为我毫不迟疑地绽放！

2008年3月4日

考 验

不要，不要把尖利而温存的桂冠
戴到我的头上
你们最好把我的心撕裂
变成蓝天上一段段碎音……
当我睡去，尽完义务而长眠
作为一切生者的好友
我这声音将高扬而远播
天际的回响将传入我冰冷分裂的胸膛

——奥西普·曼德尔施塔姆《我在天空中迷路》

我需要确认
因为我宣称我找到了我自己
像阴霾的冬天找到了暴雪
像宁静的湖泊找到了激流
像放荡的生活找到了，永诀空虚的时刻
而我又不得不离开
泪流满面地微笑
如同岁月已经让我和童年离开
却用成熟的谎言安慰自己——

是呵，也许有一天
我仍会和我重逢
带着恐怖的激情
带着一句句轻轻地飞去的贴心的话语
尽管我还不明白发生了什么事
可我还能听懂，是呵
一个个黑夜里，到处是我的名字
梦魇又怎样用它的悬赏
令世人冷酷的眼睛盯着我
他们像狱卒一样
傲慢地对着犯人扔出窝头
他们像医生一样
平静地谈论着病人的死期
我声嘶力竭地呼喊了150天
只为了让该回家的孩子回家
而清醒过来的意识
不会放过我——
听呵听呵
“你教唆过
让他们尝试承受不起的考验”

2008年12月20日

没 有

没有台阶，走远，没有歌声，传来
教堂和庙宇的门，庄严地敞开着
过去的悲伤，既沉重也缥缈
如同那些需要救赎的人的步伐

从这里经过的，可以是愿望
可以是请求，可以是往事
但错觉在这一切的前面
那些失魂落魄的时刻

我是否发现了什么
不，空虚，让我一无所获
我在那里呼喊，你的名字
等一阵春风掀开我的重重记忆
却没有一种答案和声音
能说出，命运对我们隐瞒了什么?

2009年2月8日

那该是风的耳语

我想，我听到的那该是风的耳语
只为了
唤我吧，但不要就这么轻易地！
让我知道她来自哪儿
让我猜测。 我没见过的大海
疲惫的夕阳会躲进潮汐柔软的怀里
比北方更北的地方
连蒲公英也飞不到的一处
还有一个人，均匀地呼吸
那些让我迷失的一切
只把我邀请到梦的门外
就剩下空寂、影子和臆想
我按下门铃就听到我内心的声音
我说，我就在
把我围困的房间里流淌
像一条失去源头的河
如果我干涸了

在那些袒露的鹅卵石上

也会留下我的形象，写出我的名字……

2008年7月1日

大山中已经没有隐士

我该制止我的凝重的跌倒
我该腾出一只手来好搀扶自己
另一只手也搀扶老人或孩童
在为数不多的时候
我能做的不过是拯救自己的同情心——
当悲悯还不能超越爱情
请不要，不要轻易抵抗
我无数的惨败
在和烟草的相遇中
我发现，我爱它
它没了我心慌意乱
它没了我无着无落
我不能单凭我就支撑自己
我承认我很脆弱
我塌方的意志告诉我说——
那些山中已经没有隐士
最后的道人

蓄着胡子去了人间

去人间吧

这儿的苦难比地狱还多!

2008年5月4日

七　月

我总想这么称呼你
七月，我的老朋友
你用寂静的手指敲打我的心，让走远的背影
带给我失落，哦
诉说吧，　只是
不能对着镜子里的自己，
也不能在睡梦中，告诉别人

我不能识别出我的错觉
穿过街道的时候，　他心事重重
我不知道那时我多大：
眼前景物是十年前，抑或是昨天的
慌乱与缥缈，青春和爱情

可我为什么
要迫切告知你
老朋友，要是我看的一切是真的
我只愿意——
在你的领地里，我看不到自己的过去

是啊，我看到了夜空里的光亮，像是希望
不过，那只是深爱一个人时的谎言
那是一个人的衣服
一棵树的叶子
一朵花里的露水
都不是果实啊
黑暗里不会结出光的果实
可是， 我就被播种在这里
黑夜以她的血液浇灌我
然后，才让你感到，我的心跳
我似乎就要成熟了
这样的时刻
恰好在人间的历法里
在你那双炽热的手中……

2008年7月3日

星星的眼睛，看到了什么

尘土会掩盖虚幻的时间吗
它厚厚地堆积在
我的手再也无力撕扯的
那张承重的日历上
一切湿的，眼泪为什么轻易地
篡夺了软弱的意志
当我抚摩出冬天空寂的轮廓
那是唯一的知觉
在生存的围墙里
饱含同情地探望过冻伤的自己
世界在窗幔之外
依然会有看似圆满的月亮温柔升起来
小鸟还会因此天真地歌唱
即使暗夜的母亲
分娩出的是闪烁着忧伤的黎明
别询问星星的眼睛
最后看到了什么
一切都会远走，是岁月的背影

是从此长眠的人

别询问死亡预言着什么

温暖留下了我们心里的灰烬

人们不停安慰一个“傻子”

都会说：这是喜怒无常的命运

让悲伤用尽了我们的眼泪

让绝望惩罚着我们的爱情

2009年1月14日

我的感谢

我恳请你们
在你们的高度上
讲述生命
当我的诗
写着忧郁与泪光
我知道，我的灵魂
将被你们鼓舞
那时候，我没有聆听风
那时候，风却加深了夜的深邃与沉静

我恳请你们
在你们的热忱中
带我一起歌唱
当我的喉咙
发出了呼唤与愿望
我知道，我的灵魂
将被你们感动
那时候，我没有观望天空
那时候，天空却覆盖了树的恐惧与悲伤

因此我恳请你们

在你们的包容里

将我原谅

当我的心

深陷于无知与迷茫

我知道，我的灵魂

将被你们启迪

那时候，我没有置身大海

那时候，大海却接纳了风帆的痴想与奢望

2008年11月21日

相逢

——致恬然

假若便是泥和土的区别
我一定是在岁月中被蒸发掉了激情的
一个泥娃娃
在你16岁生日那天
许诺我愿意以一尊雕塑的姿态
陪伴你一生

可如今的一个下午
我开始怀疑
20年前纯情的细节
已经被时光打磨得如
地上青春不在的身影
我开始明确我的问候
已经不能激起你少女时候的涟漪
所以我等待的漫长的回音
如同年少时候
在一个小时内
不停地看表

看时间该在哪里

让你出现

让你出现

就带我回去

是为了和坐在我身后的你

在过去的教室中想象现在的我们

想象现在的我们

如果不经历爱情会不会也一样

用心牵挂着

用心记忆着

我们曾经的微笑

那粲然的花朵

如何在一个个冬天的暖阳里绽放

就在2008年1月17日的下午吧

我将对你说：

生日快乐

就像那时候

我对你说

爱你

2008年1月17日

维纳斯的诞生

你知我对你的等待
隔着潮水的错觉
涨升了渡口
却溃决了堤岸

你知我多想与游鱼为伴
徜徉你的温柔
那时四处幽静
唯你双眸如皓月
乌发如烟

我知你离我甚远
背影如珠帘
沉默如顾盼
我知我手中空无一片你的花瓣
我知你为何垂怜
我仍在此岸
写一个游鱼的心愿

2008年3月9日

这 天

——致娃娃

这天，一定有什么砰然开启，琼浆一般
令我的四周芬芳馥郁，娇艳欲滴
这天，一定有什么在双鱼座里游动
一个拥有如水名字的精灵
把无边的清澈带到空气的幽静中
隐约，不，我是确切地听到
一种声音，温暖而柔软
像晨风在触动我
迎着它，我忘情地站立起来
瞭望北方，远远的，哦 那里正
显现一座太阳照耀下的岛屿
一棵守候在月亮中甜美的桂树
结着我的琼花般缤纷的忧愁
而天际，正升起云朵和光晕
正形成不可言说的美
呵，这天，是这天
这么多，这么多希冀和童话纷纷打开

走出木屋里的矮人和一个公主
这天，就是这天
我的心正和圣桑的音乐一起伴奏
为了在湛蓝的湖水上，飞起的一只
优雅的白色天鹅。

2009年2月26日

体　温

春雨的手指不经意地
触动了茑萝的梦想
她匍匐在地面
用瘦弱身体拥抱冰冷的乔木的根
没有什么可以唤醒
这四月里
爱情是沉寂的火山
滚烫的岩浆将冷却

我是敏感的荆棘
我在被感动过暗河在大地深处
我目睹汩汩地涌动出的温泉
爱情透明的血液
带着一切爱人的体温
呵　他们是这样的相爱
在他们跳动的脉搏里
保存着彼此的温暖

2008年4月3日

我终于找到了你

我终于找到了你
不是在三月的窗外，那时黄昏只下着雨
也不是秋天的小巷和教室
不是那些香雾缭绕的，庄严的庙宇
不，你没出现在人流拥挤的车站
那些喧闹的街头
也没有，在一个公园
寂静的角落里
那儿啊，那儿只有停了的秋千
空了的长椅

没有，你没有在那些地方停留
不在歌里，不在莫扎特的旋律里
没在书中，没在安徒生的童话里
不，你没在相册的照片上
和那些凝固的瞬间里
以及，一封信笺中
模糊的字迹里
那儿啊，那儿只有冷了的话语

荒了的记忆……

你不在任何表象，我能看到的地方
和昙花一现的幻觉里
甚至也不在我的梦中
和我高烧的呓语里
你只在我的内部
我的身体里
是细胞
是神经
是血液
是某种异样的凝聚和分离
我终于找到了你
那儿啊，那是痴想以及思念
不停扩散的疼痛和孤寂……

2008年6月19日

我记得

我记得
最初的梦境
是被燕子吵醒的
在一个春天的早上
阳光穿透过窗口的时候
风对我们耳语了
一个古老的诱惑
偷眼望去，是害羞的你

我记得
最初的伤痛
是被眼泪淋湿的
在一个秋天的黄昏
梧桐守望在街头的时候
细雨见证了，我们
一次平静的分别
列车冷漠的起动
留下了时光的倒影

我们在冬天的正午重逢
那曾经的感动也陌生
好像变化了的颜容
好像
害羞的燕子已经迁徙
守望的梧桐已经凋零……

2008年2月

新春的祝愿

一定还有什么留在过去的暮鼓晨钟里
那里不断回响生活的颤音，同一时刻
每个人都将面对自己的记忆
却获得不同的表情
但不论欣喜还是悲伤
我们都不可以预料未来
哦，时光，宣布每个人都可以得到奖赏
新的一年，这最昂贵的礼物
用爆竹的大嗓门激动地谈论吧
那些火红的像门口的灯笼般的希望

像孩子想要压岁钱
我们需要被安慰
那么请相信吧
我们还拥有灾难和失业下的幸福——
我们还拥有不算强壮，但还算听话的身体
我们还拥有不算丰厚，但足以糊口的收入
我们还拥有不算浪漫，但很是踏实的爱情
如果，还需要什么

那就是让我们用不算新鲜的词汇

但总是带给我们感动的祝愿

为未来祈祷——世界和平

2009年1月25日

我听到你的声音

——献给散落的记忆

那一刻，一双白鸽的翅膀
拍打出了我听觉里空灵的歌唱
是的，我认出了你
像认出生命中所有光芒四射的激情
我毫不犹豫地叫出你的名字——我的诗人
如果你美好的诗句
可以拥有无限的权威
就首先赦免我对你的无知
但思索的心都梦想成为那种尺度
以衡量
那些美为何出现在
最接近你心灵的距离之内？
当宁静的力量
庄重地扩展在你童话般的境界里
如果我浮躁的目光感到了约束
因为那是禁止一切喧嚣和狂热的地方
是的，一个平庸的人正受到你诚挚的鼓励

是的，他的热情像历史进程一样不可逆转
是的，从你那里我知道
引导进步在圣洁之路上的
心灵——这寒屋般的庙宇里
只接纳
忠于坚贞之信仰，
只接纳
甘于寂寞之精神
是的，必有一天
我们将承受生命的高贵的嘱托起飞
当那双坚定翅膀，历尽岁月的伤痕
飞达时代的上空的时候
当那善良，灵感，与信念的星星
洞穿了宇宙里
乌云与黑暗的统治的时候
我们现在书写的这些——
理想和奇迹
就会闪耀在未来人
满怀期待的眼睛里

2009年1月17日

抽　象

我想过在胡琴上
弹奏贝多芬的《命运》
我想过在疯人院里
邂逅尼采笔下的超人
那些像羽毛柔软的东西
不该是女人的泪水
我的心呵
也在风中飘摇着，
但也不是蒲公英的种子
因为，泥土都是僵硬的
如同抽象的记忆
我能设想它
比头脑中空白还广大
比忧郁的昨天还沉重
直到“荒原”啊
艾略特诡异地
对人间试用了这样的称谓
苦难就这么在我的周围

生长 繁衍

当中，静坐着

两千年前

我为自己树立的石像

前面，跪着我堕落而战栗的肉身！

2008年冬

速写冬天的早晨

我们醒来
在回忆夜里的梦境中
仓促地伸一个懒腰
来不及看身边那个熟睡的面容
只要手指触及开关
壁灯的光线就骄矜得刺眼
“太阳还一样会比我迟到”
“我已经为你预告了今天”
我们还要对着镜子
识别自己的面孔
可以忽视的
就忽视吧
那时光遗留下的小小细节——
一根突现于鬓角的白发
就像突现在窗上的冰花
我们就该感激这屋里的温暖
我们怎能想象
这季节，还会有虫子

在草窠里颤抖着冬眠
我们只能感受小鸟一样的饥饿
却无暇顾及
这季节，所有的小鸟
是否都能寻找到它们的早餐
我们知道
楼下是忙碌的小贩
是一碗热气袅娜的豆浆
是几根饱经煎炸的油条
等待我们去用完
也用完着时钟上的四分之一圈
早晨已经被文明的噪音
惊扰成不文明的慌乱
在街道的两边
不同的方向
木然的行人和迟到的太阳都似乎在说
“要了解今天吗？从此刻开始”

2007年12月25日

诗人的仪式

他有权召集自己
就像他有权欣赏自己的服从
他坐在自己的影子面前
开始一种仪式，简单却也庄重
他的手指将弹奏他的意识——
那么多人呵，是被迫地活着？
那么多人呵，是被迫地需要感情和尊重？
一些时候，他完全虚构了自己
完全高尚地置身于人类命运之上
显得神一般的睿智且平静
可是，他并非平静
平静掩盖不了他被锈蚀的形象
一些肉体特征无休止地堕落
成为空旷的、宇宙的尘埃
呵
他也并非睿智
尘世的诱惑总会轻易地将他侵蚀
如同秋天的风，凋零了树木

也掠夺了他的灵性。

直到他，心甘情愿地放弃思想

直到他，坦然地

把不幸当做唯一的幸运歌颂

不 ，从此他将拒绝谈论人类的前途

也放弃了自己的

只和黑夜一起

幸福地沉沦

他愉悦地向往

死亡的深处

写着人类的命运，那是无可变更的情节

那时候，他将成为

站在落幕的舞台上，死神之外唯一的主角

他听不到掌声，就不再虚荣

他看不到眼泪，就不再害怕，背叛或忠诚

2009年1月

起 源

我在水里发现了火
爱情那纯洁而热烈的神秘起源
在世界上两种的对立事物之内
燃烧，又扑灭自己
接近又逃离，沸腾又冷却
从前生到现世
那些诺言，在我们
亲吻的嘴边不断地颤抖
眼前曾经温柔的泪水
一滴一滴地落下，比发丝还缠绵
我们无法凭借诉说
因为那时的唯一的障碍
是语言
我们也无法仅仅沉默
必须用呼喊
我们的名字
是彼此的空气
一样透明，新鲜

维系我们的呼吸与生命

在雨季的池塘

快乐而充实

因为

星星旋转，宇宙晕眩

2009年6月

那时刻

那时刻，超越了正午的光阴
带着尚未形成的
一支香烟的灰烬
那时候，远方异常清晰
在经历着积雪的清晨，我看到很多人
而他们之中，有谁愿意承认
那是在毫无意义地赶路
谁会和我一样地自言自语——
不，我不觉得过失不美丽
不，我不觉得善良不残忍
只是
我们处于一个亟待改善的阶段
如果我失去目标
从兴奋的黎明迈向沉重的黄昏
我不觉得，什么会进步？
什么进步又会有意义？
为了感受它，我们或许该容忍
某种光荣的倒退
好像从枯萎枝头回到花季

可是春天来了，我没看到花朵
以及那种拥有真正快乐的你与微笑
哦，我当这是梦——
在那儿，滞留着你不朽的爱抚
在那儿，你温柔地唤出我的名字
是的，那时候，我觉得
往昔的时光将从新来临，带着
崭新的纯真与渴望
又焕发在你的额头和眼中
如同那时候，你的凝视与依偎
哦，我当时的初醒：
我不得不压抑住心头
和手指的颤动
以及任何不良或朴素的念头
逃避感动和你的声音
我无限匮乏而又冲动的一刻
可为了制止你的泪水
我必须迫切地说谎——
“你的幸福，不会让我嫉妒
你的悲伤，无法把我惩罚
你看——
我已经轻松地把你遗忘
不论我坐着，还是走动
都是那么的若无其事
我的周围是一片敞亮的阳光”

2009年2月21日

你黑色长裙和闪电

烟雾，在眼前四处逃逸着碳的幽灵
那些看不见的深处
急促地呼吸着
她们自幽暗中点亮了贝壳般弯曲的宽度
一切将组合成诱惑最锋利的边缘
惟独你黑色的长裙上缀饰着
爱的第52种元素

相信我的感觉
金属和纯棉会相恋
这像线穿过针眼儿的瞬间
我为了这个目的
曾经颤抖
而你的手终于密布了温存的针脚
我的每一处，都将铭记你的爱情

是的，你黑色的长裙下
划过一道炫目的白色闪电

2008年3月31日

归 来

我归来的时候
在第二月的第三个夜晚
但记忆在多雾的清晨里
那时候我拾阶而下，围墙的后面
是嬉戏的孩子，他们的笑声
掩埋了我孤单的童年
只能等到黑夜里
用梦的铁锹，绝望地挖掘，我失去的纯真
那是我眼前不断重叠的景象
看着死去的叶子，我来不及悲伤
冬天写下的冰冷的预言：
要在一切黑暗处走
任凭所有的人都去追逐
温暖的炉火、漂亮女人脸上的红晕

但谁也听不出寂静的天空
星星谈论着我们的命运？
风的手指，碰触我
潮湿的面孔，温柔地说

“来呵，孩子，来呵，孩子
我知道你多想忘却喧闹的生活
你该像一颗岩石那样
沉默而诚实地开裂
等你的肉体和骨骼粉碎后
要堆积在顽强的沙棘之下
只要那一代人，在蜿蜒的山路上
是的，你不能指引谁
但能垫在他们的脚下——
那些向着圣洁的高处迈出的步履之下”

2008年12月14日

加沙，哭泣的城

加沙，当我得知了你的不幸
我不知该把同情和悲悯
放在天平的哪一端?
只是我听到了
无辜孩子的哭泣
只是我看到了
一张张绝望和恐惧的脸
不论那是犹太的断壁
还是巴勒斯坦的残垣
什么时候，什么力量
能用和平的甘霖熄灭了
那些残酷战火与硝烟?

我从不让语言
赞颂那些高高在上的强权
我的愿望只是低地之下
最卑微的深渊
高贵的神啊
我愿在你亲手开放的地狱里

发出我的呼喊与疑问——

不要仅仅惩罚人类的罪恶吧！

为什么不永远埋葬了

他们之间

无休止的仇恨与争端？

加沙，当我得知了你的不幸

我只知道，地狱的苦难仍在今天

仍在今天的人世间

2009年1月9日

蒲公英

如果不是我
不经意的抬头
是不是就错过了那晚最美的月亮
如果不是你
不经意的到来
是不是就会将今夜化做了永远的忧伤
那些话我问过月亮
经历什么样的放逐 我们才厌倦了流浪?
经历什么样的失落 我们才收获了坚强?
当我们此时再度深情地凝望
一切
竟是如此清晰地附着着
宿命的影像——
我们今生的重逢之前
无数岁月里
我曾经反复问过你的一句话
以及
两只蒲公英漂泊时
谁也无法预知方向

2007年12月3日

昙　花

——致娃娃

我永远不知道你的答案
去北方吧，去北方吧
在丹顶鹤栖息的地方
我的心已经形成沼泽

20岁的月夜再也不会回来
一同丢掉了昨天的湿湿的丝帕
可我的爱你在哪儿
你在哪儿听我的回答
那夜爱情是昙花
是昙花
凋零的瞬间
被我哭泣地表达

树没了如何肯定
路过的候鸟一定悲伤
我只听见别人的歌声
我只看到霍夫曼忧郁的眼神

我的小娃娃
我的48小时的忧郁和悲伤

我是今夜唯一的低音
所有的旋律已经带幸福走散
如同不存在的你存在的心
如果能，我为什么
不想你在此时
几乎将我永远搁浅在思念的彼岸
在彼岸 星光璀璨
你以某种优雅
不
是诱惑
成为昙花
被我可望不可及地追忆
被我的泪湿了你的丝帕……

2008年2月24日

假如你愿意给我力量

即使一个黑夜合拢
以它的恐怖成为围堵我的墙
我不再畏惧
我的突围必将是璀璨的光
让我的感动提前
让我叫不出你名字的时候
不再用泪水呼唤心底的忧伤
只将散乱的文字布局成诗歌的模样

让我每一分钟的感觉都纯洁
让我每一秒生命都是对你的渴望
让所有的季风助长我的燃烧
让你成为温暖我的太阳沸腾我的热量
让我的空虚从此对我失望
让我的勇敢教会我从容不迫地起航
让我瞩望，瞩望你的方向
让我的瞩望令金子失色，让石头闪光

假如你愿意给我力量

我就会生出一双翅膀
让我向着最接近你心灵的地方飞翔
假如你愿意给我力量
看我吧，听我唱
你就是我的瞩望
你的爱会让我生出翅膀
你的爱会让一颗石头闪光！

2008年3月13日

痛　彻

我不该去想
这些街道会延伸到哪里
多少转弯和交错的地方
会诞生醉生梦死的故事
我只是偶然地站在
信号灯的转换之间
恍然发现生活也
在黑白之间转换
就像棋局
你奋力跳跃起来的时候
就是一颗被命运摆布的棋子
不堪的日子会暗淡
所有爱你的女人的唇红和指甲
所有的纽扣都脱落了
你爱的那些女人
衣不遮体的善念
“站在你的位置
要么就消失”

一个绝望的声音郑重地宣布
这个时代类似脑死亡
于是
于是我想借口扔掉自己的思想
如同扔掉那只燃尽的烟蒂
我给了自己很多时间
成为灰烬
夜幕啊，请围拢过来你的悲怆神情吧
我怎能不痛彻——
多少人出走的时候
他们头都不回的样子……

2008年3月18日

他凝视前朝的箭镞

他凝视前朝的箭镞
谁的耳朵在生锈的青铜里聆听出杀戮的泛音
谁在史书的内页里
用草书记录了
你出嫁的样子
比石头还冷的心，被什么焐热
谁的手端起胡女的下巴
谁营造了那些撩人的情色
在篱笆和窗棂之内
谁扯断了你的罗带，谁单凭人的意志
就保住了少女的贞洁
夕阳什么时候开始投射
一个书生的背影
在孱弱的行囊里，什么被什么包裹
什么被什么泄露
那些滴漏以及因此舒缓的时间
在谁的语句里，有这种忘情的心悸
是马车，是辇盖，是一切带着荣誉和身份的女人的饰物

被什么错觉在此间传播

谁曾觊觎你，在谁的胸间，横躺过你的身体

他直白的话语，会让你无措

偶然地而又轻易地，于一个平庸日子，就占有了你的行踪

谁为谁在江畔，谁等待，谁离去

在征尘四起的黎明

谁出行 谁哀怨

谁将以英雄的姿态回来，谁张开美人的双臂去迎接

而谁的怀里有那块冰冷的石头

谁的心头，有爱神的箭镞

谁说过爱和死亡一样强烈

你坐在谁的膝头解下了什么样的头盔

用丝帕将什么样的泪水擦拭

谁解释他的悲伤

谁触摸他的疑惑

谁开始计算时间

让热石头开始了冷却

而这个时候，谁哽咽，谁又会失声……

2008年5月8日

人与事

一些时候，我们极力回避它
即使它冷酷的眼神，一直窥伺着我们
不论我们外表从容，还是内心焦虑
是呵，从时间上设想，人可幸福过?
不是记忆，就是想象——
当我们不获得那种崇高的自我决定
也不获得悲惨地被命运决定的原因
这无疑是强加给人的一种羞耻
不管我们如何地厌恶，愤怒与恐惧!
不要等那些时候
你评价自己
像判决一个罪人
是呵，那最多是一种无人聆听的辩解
接下去，让我们思考吧
谁能记住清白的历史
如同记住曾经天真的我们
单凭成人的良心而不再有孩子的纯真?
你会觉得 我们如此虚无地活在

我们扮演也互换着的角色里
一些人宣讲，一些人沉默
然后，分别走进不同的深渊里
忙碌或空虚
如同只有形式，却没有内容的剧本
钟摆一样晃动着我们的罪恶感
争先恐后地沉沦也堕落着
如同，被饥饿惩罚的
一个贫困的人
是时候了，迎接我们极力逃避的苦难
让自己燃烧吧！
只有看到火的时候。
才会想知道什么是它的能量
生命呵，如果单调到只有快乐
那它就是一团灰烬——没有光也没有热

2009年9月19日

惊　蛰

我翻动那本书
不是为了看到远在
炊烟中的往昔
往昔中的霞光
以及站在霞光中的你
却是在谛听淅沥，淅沥地
飘落于千年前
一个三月里
一场如梦如幻的细雨
可春天的语速，总是那么快啊
总是来不及记忆
未及感受那些眷恋与别离

只是历经尘世的斜阳
仍在断桥处，闪烁着
那些无语的时光
只是时光如泪光啊
当一江春水正在
你的一双秋水中泛起

那首前世的艳歌
那些不问人间悲欢的燕子
会因此提前回来吗
让我就此合上这本书吧
否则我的悲伤
会惊动当年早春里的一面镜子
镜子前的一次晚妆
晚妆后的你

2009年3月4日

加 冕

——致散落的记忆

在那些花朵般的岁月里
你就是你守候的那株石榴，红了又红
你拥有春风，秋水以及它们全部的柔情
哦，你带着神谕和
一切不可抗拒的启示
穿过我悲伤的心房和忧郁的瞳孔
但我不觉得你遥不可及
我能听到——你，高贵而庄严的声音
说：一次如同一生
可这唯一的一次
就像提前莅临的黎明
在我眼前显现出笔直的光与道路
我再也无法静默啊——
我必须狂热地迈向我的憧憬
一心一意地接近
我眼前巨大的财富，尽管我万分惊恐
哦，缪斯的女儿，当你在那里出现

我无惧我会因为对你贪婪而丧生
只要，你为我点燃了火
点燃我以为我不会再做那样的梦
当青春远离我，爱情远离我
当我一无所有走到你面前
“噢，来吧，复活吧！”你说
赤身裸体的我
再也不会羞愧什么
因为我要接受你光荣的加冕
在诗歌的帝国里
好像人子的手中接过了上帝赋予的权杖

2009年2月22日

寂静之声

满月之夜，多少天籁，是寂静之声
那阵心跳和弦的是瓦格纳的指环
你落下最后的叶子，只起伏着高耸的胸部
一切都向我靠拢，肩膀承接你的倾斜
在重力之上，空气很轻，呼吸很重
我们被晃动得摇摇欲坠
你必须感动
任泪水溅落在湖泊的深处
或者用以凝聚所有的雨季
让世界干涸
我必须猜测
荒诞的情节里我是谁?
等候或者逃离的时候我在哪?
使罪名成立
放逐我于艾略特的荒原
用丁香的愿望
审视我的爱情
弥漫过第五大道的香氛

于是，你就是一座城市

于是，我就是一个路人

在你的手指里迷路

告诉我午夜的声音都谨慎

爱情唱歌也无人倾听

无人倾听……

2008年2月23日

光亮与黑暗处的我们

第七层楼之下
都是谁的女人睡了
两只猫一窜而过
定格我心悸的表情
却被夜色笼罩
敏感的神经被烟头的光亮抚慰
那种属于凡人的特征
不过是容易被错觉误解到的赞美
我得说
我对此已经期待很久
整个冬天被划分成三个部分
就像女人的三围
美在何处?
谁在用一种不可告人的标准
伪造性感
忽然楼群的灯都灭了
我感觉灾难就这样来了
抱着等死的念头

写诗吧

想象所有的人

都会像两只猫一样逃窜

我或许欣慰

曾经轰然倒塌的双子大厦的废墟里

肉体必然像泥土一样卑微

我的精神要写在黑暗的浓烟里

冷眼看着

所有慌张的表情

直到

键盘的灯一闪

文明和秩序

才树立在我的眼前

2008年1月12日

光阴的故事

如果你愿意听我
就在那个三月的中午吧
桃花沉醉着
你斜倚在窗前的倩影
玫瑰刺痛过
我喑哑在初春的歌声

如果你愿意看我
就在那个五月的黄昏吧
日历失散了
你收藏在相册里的微笑
信笺汇集过
我泪水向雨季里的奔涌

如果你愿意想我
就在那个八月的早晨吧
枫叶浸染着
你心事出发的记录
秋蝉道破过

我思念归途的日程

如果你愿意吻我
就在那个十二月的夜晚吧

雪花羞涩了
你燃烧在对视里的火焰
北风慌张过
我失控在双唇间的爱情

2008年1月31日

六　月

六月的夜空，有多少星星在燃烧
然后又把火焰带进我的体内
开始，开始带来感知——
第一次看你，清澈的眼睛
那神秘的，仿佛在深邃的黑夜里写着的神谕
对着我，优雅地舞蹈
在星空的舞台上好像一个天使
对我说，开始吧，去寻找
曾经远远逃避了的纯真
在岁月里，走远的青春与骄傲
我要像这夏天
汇集整个太阳的能量
因为一次纯粹的爱情
允许我彻底地沸腾吧，要么
让我的呼吸和心跳
如同雨季，如同闪电和雷鸣
都开始，开始
接受你温柔的击打和锻造

成为一种完美的，环形的奇迹
亲爱的
无论多远，你都该看到——
他
旋转
跳跃
并紧紧地把你围绕……

2008年6月

一路之上

——致小影

好孩子，你在何处发现了那个秘密
而那无所不在的命运的干预
却对你的发现无能为力，是呵，那个秘密在于
一个愿望消失的瞬间，就废除了命运一种蛮横的强权

那时，你不再惊喜，也不会悲伤
再没有什么能削弱，你坚如磐石的信心
别问询一切的源头，因为一切都在你的心灵之中，
那里不断涌现的善正与宇宙的无限之美融合

把遮挡你面颊的手，放下吧
目送我上路——为了找到命运另外的弱点
但别带着那致命的错觉——我会一帆风顺
别让怜惜的泪水伤及了无辜的你
要相信，通过你为人类祈祷而合十的手
一路之上，你是强大的力量——你的祝愿！

2009年1月20日

当我爱着

请为夜晚保守这个秘密
让天空闪烁星星的心事
让星星在我眼前一直闪烁着你
闪烁着一些迟疑，又朦胧的神情

请解答这个夜晚的迟疑
让晚风领着风信子的手
让风信子在我心里一直摇曳着你
摇曳着一种幻灭，又伤感的别离

请抚慰这个夜晚的伤感
让大海归还铁达尼号里的爱情
让爱情在我的笔端一直勾勒着你
哦，那是你青春的胴体
是夜晚的秘密

2008年3月17日

第六月

每到傍晚，我只想尽快回家
在那一盏灯下
面对镜子
我觉得，我会顾影自怜
但请不要制止我发傻（以及这种假设）
我想，接下去我肯定重复那个动作——
一再地捧起冰凉的水
到脸上

当五月
走入记忆的深处
冷静地看吧，有种印象将保留在
——我的手心里，那里动荡着
一片多疑的寂静
等等，再等等……
一切都会显示
如果时间不赋予我们耐心，
就会夺走属于我们的
最后的安慰——

谁缺少信念

谁都要不停地自言自语

我要问

可还有什么能可信地说服我——

当哪些路口充满

不再觉醒的

十字形的孤独

哦 这是六月

即将淹没了

春天的意义和责难的六月

在一个平凡的夜里

一切都在坠入轮回……

2009年5月31日

纯洁的记忆

我多想感到你
用耳朵在一切寂静中
用眼睛在一切荒芜中
直到一切出路
都隐没在时间作用之外
直到在那里触摸出
一个沉默不语的冬天，

我深知自己必然经历了
死的所有过程
只是
深陷黑暗的眼睛看不到
耳朵里的寂静
只是梦境中的耳朵听不出，
手中的失落的声音
——什么时候？
又是在哪儿？
我开始失去的所有知觉里——
都聚拢着你

曾经那么近，近得
像我眼前的睫毛
近得，让我无法辨析
我的鼻息里，是谁的呼吸

像晚风带给一棵树的感动
让它发出了剧烈的心跳
然后通过颤抖的手势表达
心中那些无法言说的感觉
因为每片叶子里
都流动着不断纯洁起来的血
这就是你
只是如今
不再用目光
不再用声音
不再用嘴唇
而是用这些，循环在我体内的
纯洁的记忆
唤醒我

2009年1月23日

祈　祷

——致DD

我想你，每时每刻
这是我生命的需要
这样的需要
每时每刻都跳动在我心脏里
每时每刻，我们的
心灵都在感应
通过什么途径
爱在宇宙里传播着
用那些我们未知的方式
好像磁场，引力与神秘的碰撞
好像我们同时获得特异功能——
听出了寂静
也看穿了黑暗
同时还感到了一个天使的抚摩
当思念的痛苦与忧伤都变成幸福的泪水
浇灌着玫瑰，开放在
雨过天晴的午后

当我的心经历着风暴

却也阴霾散尽

当我获得了高贵的宁静与虔诚

当夜晚来临，当你的窗口划过一枚流星

是呵 当爱神庄严地降临，在我们面前

亲爱的，我不祈祷，你永远爱我

也不祈祷，我永远爱你

我只祈祷我们永远彼此忠诚地相爱

2008年8月30日

十 月

当我内心深处，感到
太阳会在很远的地方照耀
那不是错觉
十月已经开始向往冬天
提前出现的昏暗里
我们不用去区分，是傍晚还是凌晨
如同幸福并不逃避痛苦
比生活还沉重的是我们的心
你这样说
我只知道，在同一个纬度上
我克制不住向你的倾斜

世界，在颤动，叶子会飘落
如同一些声音，驱策我虚弱地呼救
向你
时间却不动声色地迁徙
在思念里
孵化过的小鸟，都飞向你呵
只有镜子在模仿我的忧伤

将我的影子，不可救药地拉开——
但 我无法离开另外一个我
我会和你重合
你看呵——我不再是我的自身，
通过你的触觉
捕捉了什么，一定是火的灵魂
是它的光芒和热量
那时，我增加着我的密度
信念锤击我，我不害怕我如此柔软
这个过程就足以完美
被你的无限温柔托起在你的掌心
然后用你的指尖
感知我该向你说什么
光线来得太过突然
如同脆弱的心变得坚韧了
啊，那一刻：我笨拙像哑巴
像失忆的今生
但我还能知道感谢——
我如此微小，在世人绝弃的尘土之中
我吸入了什么元素
才依靠奇迹　光复了我失去的
爱情，如此我们将借助：
呵，那是什么？温暖地包围我
我清楚地看到
因为泪水，顽强而清晰
是的，在十月里，我已经被你骄傲地悬挂在胸前！

2008年10月1日

茉　莉

四周没有别的声音，
只因茉莉花瓣绽开时
碰触了空气的心弦
释放，幽雅的嗅觉，通过我的耳朵
奏出那种纯净的旋律，而我愿意看到的
那些物体，也应该是光滑的
否则那些坚硬的棱角会刺伤
你柔弱的身体，和我脆弱的心理
恐惧会致命地，将我与这个世界剥离
如同，一只受惊的小鸟飞起来
在秋天的枝头无助地战栗
是呵　一些预言试图粉碎我的希望
但我宁愿破碎的是我的躯体
那也是完整的
在你的爱抚之下
如同那株茉莉　被你捧起，在我的眼前
呵，没有什么能超越这种慰藉
你微笑着，看着我

白皙的手指，撩起了你闪光的发际
我感到我是如此地接近你
在穿越隧道一样的黑夜之后
有些久远的记忆模糊了
是呵，我们还没有彼此认出的时候
泪水已经温柔地
在过去的夏天里展开
看着我吧
我流动着，溪流一般地意识到
你的容颜和凝视
那些红的，白的，与透明的
那些火热的，纯洁的，忠诚的
都是我渴望的那种研磨与破碎
然后全部溶解在我的血液里，
为了浇灌你身边的那株圣洁的茉莉！

2008年9月21日

五月的黄昏

想过回到那个五月的黄昏
你对我说那时像风似的来过
我却是要锁上一扇门
要关闭所有的窗口
不想看鸽子，在暗淡的空际中划过
它们飞过了
就留下我面对你
我面对你的时候
就注定面对你的沉默
你的沉默啊
在你无言低垂的眼帘里
是即将来临的黑夜
是我在你手心里感到的冷漠
是冷漠在五月里制造的寒战
是温情的梦在寒战中的碎落
这碎落激溅起岁月的尘埃
在那么远的年代里
将伤痛重重地向我投射

是的

我记住了那发生在

那个五月里的细节

有关你和我在世界的一个角落

开始各怀心事地看着

鸽子的背影

如何永远地淡出了

我们的爱情……

2008年1月15日

文 身

——致SOPHIA

你看到的
这胸间清晰字迹就是我模糊的过去
时光在我的履历里填写信仰的时候
逡巡在春天的门外是我迟疑的爱情
还有那不知从何说起的淤血的忧伤

那时候
火车的背影，拖拽着长长的伫望
你曾默念那些感人的故事
在反复叹息的时候，我能看到
空气里舞动着你轻盈的耳语

谁的声音越来越微弱着啜泣？
哦，你的泪水，何时竟已淹没了我的眼眶……
那时候
蓝蓝的忧悒，是天空中一只不可触及的
银白色的尾翼

在青春的航班呼啸而去的一刻

请让我祷告

让我的祷告，能驻留你手心的温度

让我的爱情进入幸福的旅程

让我的心在你的温存的锁骨间休憩

而你解开我的领口就会看到一些伤口

那是舞动在我身体上你的名字和轻盈的耳语

是属于我的履历以及沉重的信仰

哦，我的蜜糖，你夺眶而出的泪水啊

盐一般地蜇痛着我淤着血的忧伤

2008年3月25日

第三辑：长诗（片段）

新先知

我将是被称之为“我”的那个人。呵，我愿意简称我为你们所容易掌握的一个代称：一个名字，是的，当这个词汇通过世人的喉咙发出这样的声音，这个声音就和“我”的概念联系到一起，他们称我为辛迪。

那时，我在寻求一个解释：它在自身的反省中，对着镜子审视。谁知道我经历过多少轻信的欢欣，和多疑的沮丧？

我曾经渴求启示：如果世间没有适合表述它的语言，我如何领悟那些沉默着的智慧？

我愿意我首先成为这样一个人，与世界和睦相处。然后谦卑地寻求，我们的含义。

当我自认无知的时候，造化却给我一种恩赐，那时我隐约感知了什么，如同被一只温柔的手抚摸着，唤我孩提时候的名，哦，我终于认识我的出处。生命呵，在我感受妈妈的爱护的时候，痛苦就一同开始磨砺着我。

我曾经试图给感觉命名：荡漾的春水，舞动的翱翔的翅膀，一切自由的倒影，在我眼前重叠着，我坚信往生，人的灵魂不可能是断裂的链条，如果并非被神明打造，也绝不会是进化而来，历史是逗留的错觉。如果一切都是有待破除的迷信？宇宙就存在一种完美的真理！

时间到底是什么？在我们沉睡的时候，时间分明不再属于我们，而我们自梦境承接昨日的记忆。醒来的时候，我突然发觉自己如同未知的奇迹，如同我们从过往的死亡里，承接过来的今生，我多想了解过去的自己，太多时候，我本身就是一个巨大谜团。

或许，这更像一种赴约。

当我踏上昔日的小路，是的，我的记忆召唤童年的我，一起推开一道虚掩的大门，推开胆怯，推开喧嚣，那是谁呵？ 他猜测了自己就感觉证实了别人。

他冷酷地宣告了：人类不可救药伪善的道德。他是谁呵,谁能把自己的激情看做是推动历史的力量。谁在赞美自己的时候受之无愧。谁粉碎了昔日的偶像而又神化了他自身?

我质疑这样的宣告,我抵触这冰冷的说教，我厌恶这心灵的胁迫。我转身，我并不介意，晨曦是否为我的离开停留。但当远方的雾霭缭绕在群山的顶端。我说：去站到那个高度吧！人应该极力触及自身的极限!每个自觉的生命，每个愿意赋予生命精神尊严的人!

这是向那个曾经自以为是的我告别——他曾经急于破解人生的谜团。而让自己陷入狂热的焦躁之中。

辛迪的目标仍然很遥远，当他试图攀登的时候。他会联想这一生的得失。他深深地忧悒过，恐惧也曾占据过他的心灵。但他的力量来自内心中一个温柔的声音。他朦胧地感到一个圣洁的形象。

“相信祈祷吧，你将在生命一个适时的阶段看到我”，那个声音

不断地响彻他的灵魂，

他多像一个孤独的朝圣者。

有人说：他将人生交给了虚妄的事业。

有人说：他将一事无成惨然地离开人世。

也有人说：必须有辛迪这样的人，我们不能追随他，但我们仰慕他。

尽管，他每迈出的一步都是艰辛的，尽管那是和堕落之间微不足道的距离。

他并非克服了动摇，而是永远警惕着，那些风暴般的感觉，自我克制的人，并非拒绝一切，而只在疑虑渐渐凝重的时候，把压力放置在承载他的地方。

在候鸟开始迁徙的时候，寒暑交替。
他在行进，他在行进。
纵使，有时星月黯淡，他甚至没有自己的身影为伴……
阴霾和晴朗，都不会长久地占据天空
如同人世的正义与邪恶，总是交替出现。
一个夜行者的灯盏，有时，比炫目的太阳更可贵。

他在行进，他在行进，沿途所过，每遭到一次嘲讽，他就剥离了一层虚荣的外衣。每经历一次打击，他就增加一副精神的甲胄。但当一个人，不再逃避苦难的时候，甚至死神的面目都不再如同传说般狰狞。他开始，反复揣测那种感觉——如同，他试图在耳际回旋的天籁中，扑住其中那些旋律。于是，他学会了歌唱——

我一定来过，这看似陌生的人，看似陌生的地方
只是死亡将往昔的生遗忘
一切，发生在转瞬之间
怀疑就意味着相信的开始
而一切都将有一个前提
一个初始，和末端重合
在设想广度的时候，深度等同了高度
当万物陷入了沉思
爱，是我们唯一的智慧
坚守爱是我们唯一的途径……

呵，这歌声，激励着他，心中圣洁的形象越发地清晰起来。那温柔的声音，越来越响亮……

当他幸福的泪水，让他的视线模糊起来的时候，他感到了，如同儿时母亲般的抚爱。一个天使降临了。

天使——春离

“辛迪，看着我吧，开启你心灵的窗户吧，呵，你的泪水，晶莹宛如朝露与珍珠，唯有天上星星可以媲美。”

“我的天使，为何我首先要被你外在的美吸引，在不可言喻的战栗中。我竟能用世俗的目光目睹你的真容？”

“辛迪，天使可以化身为万物，如果她们必须向被自身障碍所蒙蔽的种群，解释上帝的意图。你要知道，如何美丽的容颜，也不过是你心头的闪念，如同夜空里一道闪电，如同昙花一现，我的辛迪，因为你不会那样误解天使，即使我身后的光环，也并不直接昭示一切真理，而是启迪你去发现，洞烛你的内心。有一天，你会发现，让你飞翔的原因并非你拥有了翅膀，如果你，不能抛弃令你滞重的一切，即使你步行也不会轻盈。当你心中原本的纯真，被信念不断地浇灌，当苦难来临的时候，你如同珍视生命一样珍视你心中的善。当你的意愿以爱的旋律倾诉，辛迪，你就已经悄然进入了天使心中。”

“我的天使，为什么你如此圣洁，我却不感到你高高在上？”

“爱让我们平等，我愿意这样凝视你，辛迪，即使你对自身的一切都缺少信心，你也该坚信爱的力量，爱在天上和人间都是伟大的。而在此世间，只有基于你的诚实，你的爱的力量才足以感召我的到来。”

“我的天使，请允许我敞开我的心扉，我感知你的那一刻，我总被泪水充盈。在我过去的生命里，我从未如此感动，当爱的火焰在我原以为我已经失去的领域里燃烧的时候，我的心中充满感恩，我如此热切地接近你，试图赢得这种爱，哪怕幻化我成为你的饰物。只要让我永远伴随你。”

“傻孩子，我的辛迪，你该谨记你生命中，带给你美好的一切。在适时的时候，你会因为铭记着这些而感到你的确应该为他们做些什么，不要把感恩的意愿，当做一种义务去实现。如此，你不会得到你试图得到的善。爱也当如此。能证明你爱的，也许并不能被你表达。是的，当你真实地笨拙起来的时候。你觉得我会不能感知你的内心所想吗？因此，我回答你：我知道。我知道你想说的一切。我的辛迪，你知道，你同样感动我。”

“我的辛迪，请你闭上你的眼睛，再次感受我吧。”

“是的，我的天使，当你的容貌不再清晰的时候，你的光芒是清晰的，它在我的心头照耀。你的目光是清晰的，如同秋日的湖水，而你的启发，如同芷若的芬芳。在我的心中渗透。”

“我的辛迪，你要知道，爱不仅是感情，爱亦是理性。当你的感觉和认知同样接近爱的核心的时候。你会发现爱是一个领悟的过程。”

“我的天使，你唤醒了我的记忆，我感知到你的名字——春离，是你吗，我的春离。”

“是的，我的辛迪，那是我，我欣喜你叫出我的名字，还记得奥多的日子吧，辛迪，那时候，我就是你的天使，如今奥多的往事，已经成为世间传说……”

春离与辛迪再次重逢的时候，是10月14日那天的黎明。一个新的历程开始了，为了求证爱的真谛，辛迪必须踏上朝圣之路。

春离脉脉地看着辛迪，那珍珠般的泪水，成为辛迪心头一颗颗闪亮的星星。圣洁的亲吻为他注入了神奇的力量。

他在行进，他在行进
耳畔响彻着天使的歌声：

最富有的人啊
必将是获得爱的人
最慷慨的人啊
必将是懂得去爱的人
天使只是指引你爱
但无法替代你爱
上路吧，上路吧
沿途你将遭遇各种考验
而只要你虔诚

不知多少日子过去了，辛迪来到了一个荒凉的村落——

寂寞庄园

已经接近傍晚了，太阳颓废地沉入遥远的群峰之中，似乎它再也不会重新振作起来，风，沿着迂回的小径吹卷起落叶和碎草，一切细微的声音。都在风的喉咙里低吟着，又像是一把无形的竖琴，被一个隐身精灵弹拨，它在向万物倾诉它的历程，只有大地陷入沉思般恬静，橙黄的天际，逐渐被幽蓝渗透进来。

有人已经抵达终点，在生的驿站上永久地停歇。不，那只是些泥土之下的肉身与骨骼。生者无法传递悲哀给他们逝去的亲人，就让他们的灵魂如这大地般的宁静吧。当白昼溶合并消弭在黑夜之中的时候，仿佛暗示着这生命的奥秘，一扇门被开启，闭合了所有的记忆。

在进入农庄的时候，一轮半圆的月亮已经高高地悬挂在天空之上，辛迪感到有些疲惫，他放缓了脚步，饮了几口携带的泉水。这时一个一身黑色衣装的女子，迎着他走来。

他借着月色，看清了她苍白的面孔，她的目光里闪烁着深深的忧伤。

“我能向您打听一下这是什么地方吗？”

“过路人，你难道感觉不出这里的氛围吗？”

“这里只有我，这里是我的庄园，我称之为寂寞。”

“可我猜想当初这里也曾经一片热闹？”

“你说得不错，不过如今你看到只是一片冷清和萧条。我很久没有看到其他人了，应该说你的到来让我感到了久违的触动,我居然听到我自己的声音，陌生人，你很累了吧，可否告知我你的姓名？”

“我叫辛迪，是的，我感到累了，我很想找一个地方歇息，尊贵的女士，冒昧问您，我该如何称呼您，包括我这个请求，我只需遮风之处就满足了。”

“哦，辛迪，我欣赏你的彬彬有礼，叫我尤娅吧，你不必过于拘束，今晚你会睡个好觉的，不过我有个要求。”

“什么要求？”

“先和我一起吃顿晚餐吧。”

明亮烛光掩映着一张宽大洁净的餐桌，这时候，辛迪看到尤娅目光里，隐约地感到一种喜悦，尽管那只是在幽深的湖水中泛起的一道回忆的微弱的涟漪。

“辛迪，你知道多少人曾经在这桌旁啜饮欢唱？”

“你很累了吗？”

“我还好。”

“那再听我唱一首歌吧。”

“好的，我很愿意。”

于是尤娅开始歌唱，歌声响起的时候，辛迪的疲倦似乎顿时消失了——

寂寞是你躲不开的影子，是那只喑哑的风铃，是突突的心跳，是无法把握的过去和不能重来的过去。

寂寞是无法形容的失落，它总在留恋着幸福的传说。

寂寞是不能表白的心迹，它总在虚构着爱情的遐想。

寂寞是一种无望的等待，是梦境里虚假的惊喜，是醒来时无尽的空虚。

寂寞是一种彻底的沉默，是没有谎言的自欺，是所有故事的结局。

寂寞是难免的遗憾，是回首之时怅然若失，是从熟稔中体会过来的陌生，是因为时间与心境而拉开的你们之间的距离。

寂寞是被掩埋了的激情，是一种有意的拒绝。

寂寞是被碰触了的伤痛，是一种无奈的放弃。

寂寞是荒芜着的岁月，是一本本蒙尘的日历，是风中飘荡的鸽子的羽毛，是天际间回荡着的天使们缥缈的歌声。是对信仰的执著与怀疑。

寂寞是牵牛花般的美丽，是苹果诱人的香气，是倏忽而来的慌张与失意，带着种种可望而不可即。

寂寞是没有回音的消息，是按时而来的大海的潮落潮起。是讳莫如深的礁石的经历，是生命中每一次不期而遇与失之交臂。

寂寞是在懂得宽容之前，必经的折磨，寂寞是走出喧嚣之后，心灵难得的休憩。

寂寞是所有人的，因此寂寞是人类最公开的隐私。

寂寞也仅仅是一个人的，所以寂寞是你唯一的秘密。

寂寞如果衍生，它将渴求真理也渴望慰藉。

哦，无所不在的寂寞，如同你不能投递的信笺，如同你欲言又止的话语，如同你决心参与的欢聚，是呵，那是人和人与生俱来的隔阂与芥蒂，恐惧和孤立。

寂寞是你躲不开的影子，是喑哑着的风铃，是你不能驱赶的遗憾，是荒芜的岁月里，凋零着的所有曾经的美丽。

寂寞曾经是一片空白，在你空虚的边缘，你感到它的桎梏，但你永远无法逃避，它的引力——我们本从寂寞中来，就该回到永恒的寂寞中去。

这曼妙的歌声在烛光上跃动，而那烛光亦仿佛协奏着空灵的歌声。

“辛迪，你知道我多向往这种寂寞，可你的到来触响了心中的那只风铃。”

“是的尤娅，我应该能感悟你的歌的含义，但正如你所唱，寂寞是每个人心头的秘密，在我们解释人生的答案之前，一切都如同那个影子。”

“或许是吧，你该休息了，晚安，辛迪。”

“晚安,尤娅,再次感谢你的款待。”

当辛迪躺在床上的时候，柔和的月光，很快带着他进入甜美的梦境，而窗口的风铃，开始对着他梦乡低唱：

是谁赤裸了石头和星星羞涩的眼睛
当黑夜的手掌抚过你成熟的睡姿
当你在梦里走进那个秋天的童话
候鸟已经飞到很远很远的地方
可你们的爱在生长
别恐惧，也别奢望……

此时万物都在应和：“哦，别恐惧，也别奢望……”

游吟诗人与少年

晨曦，当辛迪醒来的时候，温暖的阳光，已经透过窗口，照射在他的柔软被服上，窗口的风铃仍旧静静地悬挂着，似乎它昨夜的幽唱，已经永远淹没在梦的彼岸。

这时他才得以环顾他所在的房间，一切都那么的干净整洁。

门，像是被一阵清风，吹开。一个美丽的身影，出现在他的眼前。在炫目的阳光映衬下，自这个秀颀的身影的周围，幻化出薄雾般的朦胧而神秘的光彩。尤娅身着白色的睡裙，温柔地说道：

辛迪，睡得好吗？
你的气息像三月的风
你站在我无法识别的距离里
将你的微笑，鲜花般地开放
呵，我的心就这样被你触动

眼前的一切，如同轻柔的梦幻，辛迪，几乎无法将眼前的尤娅与昨夜的她联系到一起。一个曾经苍白而黯淡的面容，已经被喜悦的红晕替代，这个为寂寞作歌的女人，你心头隐藏着多少忧伤？但你分明没有离弃你对爱的渴望。辛迪的心头萦绕着一种猜测——

当那喑哑的风铃开始歌唱
不是一个路人，撅动了你的心旌
而是你心头的爱与渴望
让你重焕昔日的容光？

辛迪说：“我要上路了，是的，我将铭记你的恩德。但别让那寂寞之歌与你为伴，我祝福你，因为，我深信爱与善是同一的真理，寂寞无疑是恐惧的代称，是我们对自己深深的怀疑，我祝福你，因为，你在寂寞中同样渴求着这样的真理！”

“辛迪，我也祝福你，在你求证爱的真谛之后，我希望，我仍能再次见到你。”

“会的，会的，阳光下的一切，都铭刻着我们往昔的记忆。”

辛迪告别尤娅之后，他再度投入了那段征程。

走过众多山谷，很多时候露宿在繁星闪耀的夜空之下，一天，他来到了一个叫做观风镇的地方。此处客栈，商铺，忙碌的行人是那么的多。

“嗨，朋友”一个声音对着辛迪喊道。

辛迪这时看到一个中年男子，散乱的长发，浓重的胡须。

“您是在叫我吗？”

“是的，朋友，我在叫你，因为在今天这个镇上，你是唯一让我陌生的面孔。”

“这不该奇怪，每个地方都会有这样的过路人。”

“是的，我不奇怪，我只奇怪，我为什么单单对你发生了好奇心？”

“我能看出你是一个朝圣者，他们都是你这样的装扮，唉，我年轻的时候，也曾经向往那座圣城，但恕我冒昧直言，你会放弃的。”

“呵，也许这样的时候，我的话听起来只能让你反感。”

辛迪，只感到这个男人在喋喋不休。

“我很想倾听你的看法，我并不反感任何不带恶意的劝告。”

“朋友，你该看出我是个诗人，多年之前，我和你一样曾经是这观风镇的过客，可如今，我不想离开这里了，一想到那些饥饿和伤痛，我就会觉得，人还是现实些好,呵，你看我照样可以教导他们，是啊，你不该觉得只有朝圣者是这世上唯一清高的人”——

你可知道，这样有多虚伪
在一个个苟活的日子里
设想你的尊严
在生活藩篱之内
奢望你的自由
于是在欲望里绝望的人
开始用宿命和神的安排
安慰自己
既然我们如此无知
既然我们如此无望
何不如，承认你只是个人
安于作为一个人的骄傲？

当太阳升起在我们视线中最慵懒的部分
我说，世间的人都在堕落
你看，这些人多麻木
整日的饕餮，淫乐还撒谎
真话如同哑巴的手语，
可你怎么在他们得意忘形的时候
提出你的忠告
忘掉，忘掉
信念，责任与义务
忘掉，忘掉……
良知是你无尽的烦恼

“呵呵，这个怪人，总唱这些过时的歌。”说这话的是一个英俊的少年。

“齐白雪，又是你这乳臭未干的小子。”大胡子显然有些恼怒。

这个名字叫白雪的少年，倒显出了超乎他年龄的沉稳，他说道：

我只相信天赋
诗人是众神宠爱之下
放纵的孩子
我不懂谦卑为何物
我厌恶任何说教
是的，世界是我的
荣誉，名声，与少女的爱情
是我的
我习惯，世界对我说是……

辛迪说：“就我所闻先知以赛亚所言：神所拣选的人，他不争辩，不喧嚷，也不在大街上叫喊。”

“平息你们的争执吧。”

“让诗歌平静，摒弃那些躁动在你们心中的失望与不满，即使让人艳羡高贵的天赋，也禁不起狂妄地挥霍，只让真的、美的、善的文字自然地流淌吧，如同那潺湲的溪流。在你们获得自我澄清的时候，你们的诗歌，将被后人捧起来啜饮，成为那滋润他们心灵的甘醴。”

“呵，路人，你避免争执，不过是虚弱的表现。”

“在我看来，你貌似公允的样子，如此的伪善。”

辛迪说道：“朋友们，我尚不能向你证实，但我确信，没有什么外在的东西，能真正撼动我对宽容的信念。”

那个白雪少年说道：呵呵，你所说的信念，在我看来是那么的平庸，因为你只知道胆怯地退让，可诗人的天职是树立——

在神昏睡的时候，他是世界的立法者
在神垂危的时候，他是世界的拯救者
多数人永远是盲目的
如果你不给他们
他们永远也找不到……
他们只知道需要
如同他们永远敬畏那世俗的王位！
如同他们永远迷信那权力的迷梦！

这时那自称诗人的大胡子也急切地插话：听着，路人——

我以为，激情的海岸
只有潮汐退却后丑陋的贝壳
讲述着剥夺和占有
我以为，镜子里面
你那张天真的脸
左边是忠贞，右边是背叛
呵，世人的幸福，
从来都和那些有关——
谎言与欺骗

辛迪正要开口，却听到一个苍老的声音：“你们有权欣赏自己，无论是自矜的天资，还是自认的真理。”

“可他亦有权服从自身的信念，不予置辩”

“你们该有那样的时候——”

坐在自己的影子面前
开始一种仪式 简单却也庄重
当你们的手指将弹奏你们紊乱的意识——
你们会怀疑：那么多人呵是被迫地活着？
那么多人呵，是被迫地需要感情和尊重？
一些时候，你们完全虚构了自己的命运
也高估了自己的能力
完全“高尚”地置身于人类之上
显得如同神一般的睿智且公正
可是，你们怎能公正
当你们以被锈蚀的形象

同那些肉体特征无休止地堕落
成为空旷的、宇宙的尘埃
呵
你们又如何睿智
尘世的诱惑总会轻易地将你们侵蚀
如同秋天的风，凋零了树木
也掠夺了你们的灵性
直到你们，心甘情愿地放弃思想
直到你们，已经坦然地
把不幸当做唯一的幸运歌颂
不 ，从此你们将拒绝谈论自己的弱点
却悲悯人类的前途
也放弃了自己的希望
只和黑夜一起
幸福地沉沦
只有当那死亡来临
提前写好人类的命运——那无可变更的情节
那时候，你们将成为
站在落幕的舞台上，死神之外唯一的主角
你们再也听不到掌声，就不再虚荣
你们再也看不到眼泪，就不再害怕，背叛或忠诚

闻听此言，众人都缄默了，或许死的阴影，被不适宜地提起。可非得以偏执引起争端，以仇视和谴责推波助澜，然后以死亡平息这些人类的恶习吗?

当辛迪从沉思中走出的时候，想看看这个睿智的老者，却只看到他的飘然远去的背影，“他是谁? ”

“他是一个真正的游吟诗人。”有人回答

在嘈杂的尘世里，真理的空气是如此稀薄。以至每个渴望呼吸到它的人，都不得不领受那些令人窒息的杂质。辛迪，感到内心中正被一种四分五裂的念头侵袭。他极力调和那些对立的观念。如同在那些杂质中，只过滤出真理的成分，然而，他承认他的努力，是无效的，他明确地感到一种不可超越的障碍。

月光已经在云层里幽暗，什么杜绝我们的偏见？
高大的群山，开始像水一样地起伏流动
寂寥的夜啊，是大地与天空的哀伤
不可防范你的过度的孤独
也是搅动你浑浊的力量

但总有这样的时候，当一个人的希望之光隐没在幽暗的阴影之中，忍耐将上升为首要的美德。于是，辛迪向着前方继续迈进了。

丛林里的梦

在辛迪赶到丛林的时候，他经历一场暴雨，疲劳和寒冷，他感到出奇的困乏，然后，就在林间的一个空地上昏睡过去。

“我预言他将是那圈子的第七个人。”幽暗的林间深处，传来了几个精灵的对话。

“是的， DX星座的第7颗星，在1321年之后，一直没被点亮。”

“看这个东方人的吧，在那群人里显得多么另类。”

“是的，就因为这个，他得去地狱，还是对他的前途保持缄默吧，他太过于多愁善感。”

“他病了呢，呵，不过不用担心，神命之下，一个天使必然护佑着他。”

“呵，看他在呓语中，还呼喊，春离，那个天使的名字。”

但辛迪听不到这些精灵的话，在寒战与惊厥中，他的身体尽量地蜷缩在一起，像在风中倒伏的树枝一样瑟瑟地发抖。

一个幽暗的影子出现在辛迪的眼前，他低垂冷酷的目光，没有丝毫的同情，他看不清他的面容：在那黑暗的，阴郁的面部，只感到那一双让人深陷恐惧深渊般的眼睛，这样的眼睛，似乎正是那不朽之作里写着的地狱的入口。那影子以嘶哑的声音，阴沉的语调开始对着辛迪说：

“伪善的人，让我唤醒你心底的记忆：在这样的时候，世人不会想到17年前的话，你曾经如是说”

她是暗夜里一轮皎洁的月光，我能否认我渴求她的照耀而没怨恨她不够慷慨吗?

她是屋脊上一只跳跃的雌猫，我为何被她要攀上的高度而使自己变得无比的紧张?

当她镀着光的毛发，向我因希冀而恐惧的心竖起来，那样的时候，当我解开她的上衣，亲吻着那少女的雪白的胸脯，和两颗红豆般的乳头。

其实：凡记下的，无一不是我自己心头的恶。

其实：凡与我的意志相违拗的，不也曾经让我顺从。

听我：揭示你的真，当白昼，你误会为真的那些，从没有让你更加诚实起来。

回我：听那些你曾经的歌咏，但当你带着不公正的心苛刻地质疑着你最初的爱：

呵，你说：猜猜看，我丛林中的少女，你的温柔对我来说可有切实的意义，如同谎言的早产儿，当我为你疯狂的时候，我甚至觉得我比任何时候都要理智——

当我不知道如何爱你——我拥抱你的时候唯一感觉就是肉欲。

当我不知道如何爱你——我征服你的时候我亦再遭受奴役。

当我不知道如何爱你——我是在落潮的沙滩之上营建我的希冀。

当我不知道如何爱你——转身之间我的希冀就成了信心的废墟。

“伪善的人，你终须承认：有朝一日，你会对爱，无动于衷，正如你现在除此之外对所有的一切无动于衷。”

“暗影，那些尖刻的话，竟大多出自我的口中吗？”

“呵，健忘者，在你把爱树立成所谓的信仰之前，你不还曾这样预言：丛林的所有者，曾经为人类的爱情做了一个模具，用这个模具为爱情捏造了一个不可靠的信物，一件美观但不结实的瓷器。因此，你断言爱情必须把玩在手中，或者遗忘在精神的一个角落里，只有那时人才痛惜：当这个瓷器破碎在世俗的尘埃里，消失在你们曾经为它许下的诺言里，是的，当你们的爱万劫不复的时候，你试图捡起那些碎片的时候，你懂得了爱是奢侈的，也将是越来越虚无的记忆里的鉴赏！”

“暗影，我接受你的指责，包括你给予我伪善者这个命名。”

“但你知道，人在青春的迷途之中，是的，即使，那是平庸的青春，但那时的激情放纵，是无法超越的，正如我那时接受不了什么告诫，视真理和善为畏途！人亦是行进的，尽管我如今仍然所知甚少，但我也确信，爱在我心中已经树立了它的权威。”

“当我闻听——我的先辈曾经对这爱投入无限的敬仰——他借着那两个相爱幽魂的口述说”

爱，不许任何受到爱的人不爱，

这样强烈地使我喜欢他，以致，

像你看到的，就是身处地狱我们依然不离不弃，

爱使我们同归于死。

“于是，这样的爱，感召他趋向他们，他说：我极愿和他们一起行走，那显得如在风上面那么轻盈的灵魂说话。”

暗影带着不屑的口吻说：“痴人，呵，所有燃烧的事物都将冷却，你徒劳抗拒着规律，莫忘了那个天才的诗人的预言——爱情这会飞的娃娃，只跟孩子玩耍。”

辛迪为暗影的嘲讽所激愤，他大声置辩：“暗影，请不要亵渎我心中的圣洁，用一个花花公子的话，因为在他临死的时候，他也承认，除了锁链，在他泛滥的‘爱情’中，痛苦和力量，他都没有尝过——爱情的那崇高的另一半。”

暗影：“辛迪，那就忍受你的煎熬吧，别以为我看不出，呵，忠言让你难以接受罢了。”

辛迪：“暗影，离去吧，你以为你的出现会怎样？即令，你是死神的儿子，你有强大的咒语。”

暗影：“我从不离去，你的信念不足以驱逐我，你会发现，你的一生，都有我这个你唯一忠实的朋友。”

当暗影幻化了他的形状，在辛迪的眼前，展现了无数梦魇——

那诘责，蛊惑，与拷问。

这些令辛迪窒息的感觉，好像死亡迫近一般。

“春离，我的天使，拯救我！”他发出了那样的呼喊。之后，他感到被一双温柔的手臂扶起，焦渴的嘴唇上品味到了一种甘露的滋润。

“可怜的辛迪、你病了。”

“我来了，辛迪，你的苦难召唤了我。”

“你要听到，你坚强的心能听到，辛迪。”

“醒来，我的辛迪，我不会容忍这些你尚且不能承受的苦难折磨着你，你知道，我会来此，借着我的信仰，与你分担——”

“因此，我在我慈爱的父亲前跪下，我祈求他，依照他荣耀的丰富，借着他无所不在的力量，使你内在的生命强壮起来，我又祈求那曾经降临世间的救苦救难的人，借着你正在树立起来的信心，住在你的心里，使你在他的爱中有根有基。”

“辛迪，坦承你内心的悬疑，不是你的错，因为，你仍然是爱的求证者，但愿你对爱的信念永不退转，直到有一天你能理解神的那超越知识所能领悟的爱。”

一个黎明带着前夜的创痛和爱抚
让万物一道醒来
丛林里透射着一个崭新的太阳的光芒
在宛如泪水的晨露中
留下，一个天使的印记
在小鸟欢乐的歌唱中
留着，一个天使的祝福
辛迪苏醒了，在心中充满感激，他的目光中充满着希望。

情绪化的人

——孤 独

好吧！如果人类不再必须交谈
但让我们彼此留意吧
在我们，一度如同雕像那样空洞的眼睛里
可还有些泪水能够平静地流出来
或许这简单的表情并不能解释出——
我们到底因何感动，过多的幸福还是过少的不幸？
我们的软弱总会出现在，睡眼惺忪的清晨
我们看到，在那些不知缘由而悸动的花朵上
正颤动着一滴危及着
我们因此而高度悬起的心的露水
留下来吧，留下来吧，给我们这种福分
如果我们会因此清澈些，会因此比涟漪的扩散更持久些
呵，日复一日，人人何不如此
一个人怎么能理智到
不依靠环境来觉察自己的位置
而无论置身大海还是天空
在那种令人晕眩的深度和高度中

都会让集中了所有艰难的呼吸
阻遏我们的喉咙发出呼喊的声音
就让我们充分地体会这种的喑哑
为人类深不可测或高不可攀的欲望
因为我们分明感觉有种氛围会把
一个人从人群中拖拽出来
那时，我们会倾心沉默，嗯，什么也别说
“真”的质量，往往消耗在我们轻浮的言谈中

但我一反常态，突然要说，
“我的苦难会在你的眼睑上跳动
你知道，那个情节中，你会哭的
那种分离，不是平行的
因为你的泪水会垂直洞穿过我的心头”
但那一定是一个复杂的时候，甜蜜和苦楚
让雨季和干旱一起发生，而你
注定会用背影带走一切
哦正当，夜色也因你的离去而浓重下来
哦正当，你走入灯下，那里总是偶然
而耐人寻味闪烁着两个形象——
尽管那只是被习焉不察的你和你的身影，
无非暗示着
一个具体而丰满的人与抽象而弱化的人
一个曾经忘我的人而又绝对自我的人
哦，谁会，谁会追究这个原因
我的悲叹发源于何处
我无法克服的眷恋之心如何

让我发出了青春期常见的誓言
哦，我说，鼓舞我，不论我还有多少余生
也让我学会爱——但不因为你的可爱
啊，我是那么坚信只要沿着与众不同的方向，
就会找到像极昼一样持久的幸福，可我没料到
这么快啊，沉重而悲伤的长夜就统治了
我内心里，那同样被良知控制的另一端
啊，我要说——有谁会像我一样
你们可也因此怨恨——只因为隔着
你们追赶不及的那个瞬间，目睹本质和真相，
昙花一现般的永远地消失在眼前
隔着，你们刚刚产生但还未脱口的追问
痛失原本可以获得的安慰在耳边
要忍受呵，对我们心智之卑微
要忍受呵，被风雨，旅途和一切困境凸显出来的
我们耐心之上定型过久的弱点
而仅凭这点残余的勇气，你就该拥抱我呵
你要听，用你柔软的胸脯听
我是否精确地说出那种濒死的感受——为何
给我愿望的事物却降低我的信心——为何
我向往堕落总超过向往永生一些
可我解释得清楚吗，这种过度的诚实是否
注定会成为相爱的两个人心头的灾难，可又有谁知道
呵，对虚荣的需要一旦胜出怕死的念头
我会那么渴望——体面地丧生在一个天使的怀里

为何深知自己的邪恶却谈论我纯洁的心愿——

我们不该在蒲公英飞起的日子里相逢
我不会让我的爱轻浮，飘忽，随遇而安
从此就让它的种子，一心一意地逃离慈悲的大地
然后错过下一个春天的雨露和阳光，再不萌蘖
如果星辰之下，还有踽踽独行的影子
但愿那也不是我的来生样子，哦，那些可怜的
相互怀疑又不得不彼此依靠的人啊
为了抵消难熬夜晚的寒冷，就簇拥在一起
利用酒精，篝火和拥抱，这些温暖的假象
会过度充血进我们的失忆的大脑
即使这加速了某种遗忘——把我们嘴里曾经艺术的谎言
啊，这代价不是过高吗，较于我们的付出期待
为此，我多想，为此我也只能多情地设想
我会飞越那笔直的河床，好找到那些优雅的转弯
对如水往事做深情的反刍
在温顺的羊群里，在泛光的河面上
可我们当中谁能忍受枯燥的宁静过久
什么因素注定会点燃我心灵里的战争
呵，谁在一边鼓舞着正义，一边怂恿着邪恶
哦，轻信的人，别和我深谈吧，我担心
我的魔鬼比你的天使还要强大
当它替我出来温柔地说话
告诉你一切恐怖的人生——
为了成为一具完整的尸体，每个人都在
不择手段地避免
粉碎性的死亡——

而那些稍纵即逝的机遇
是发光的时间里激励我们的希望
还是使一切生锈的空虚里面诱捕我们的陷阱

但还能有什么比一双手的伸出
更生动地展示着我们称之为爱的姿态
是的，那时候谁都试图扭转自己的颓势
通过这种强大而宁静的力量
拯救那些洪水般不断袭来的不安
可什么同时也在失去？像树梢上的
二月的风，带来了温柔的问候
又掠夺我们身上稀有的激情
哦，在我们服从已久的习惯里
同一时刻，我们遭到了可悲的限定——
水不可以形成两次沸点
故事不可以产生两种结局
啊，哪里，哪里埋藏着我们持久的热情
啊，哪里，哪里保留这那些纯洁的感受
足以吸引我们的忠诚，并鼓起难以置信的勇气
对致命的诱惑，对残酷的死亡
我们当真拥有过爱这种能力吗
也许只有一次机会，你正视着我
像证实着，一个还没有犯错的英雄
此后，你会觉得世界如此陌生
复杂，沉沦和懵懂
类似一切被打碎的迷信，然后你要适应
我从当初嘹亮的高音跌入幽怨的哀鸣

呵，在那些不甘作为现象存在的事物里
我怎么不渴望驾驭着的潮流
回归我的本质
一旦远离它，我就要遭遇那个年龄
带着那种极其敏感的心情
带着那种极易破碎的梦境
颠覆我的全部希望
因为，失望总是来得猝不及防
也无法抗拒，像是黎明诱骗我们起身
并出走，四处寻找充实的阳光，可是焦虑和紧张
总像骄傲的鸟类盘旋在我们的头顶
哦，我假想的天使，是你让我发现，这并无意义——
不是为了道路，我才行走
道路在随视线缩窄，苦难却在拓宽
我心头的恐惧
不，不是因为往事，我才回忆
往事会深陷泥沼，回忆却选择着
那些新生而柔软的枝条

而只有你深深地挖掘到自己的过去
出土自身那些难以解读的历史
当你涌动着激情，最终让你平静下来
把你的身体和经历一样铺展开
哦 ，我会在那儿找到真理还是幸福
因为那些属于人类共同的好奇心
在知识善恶树的果实里

早已引发的我们对宇宙和造化
严肃的推理，这些都将
都将导致极深的静默与向往
是的，它让我们产生了凝重的神情
它让我们认识了一种尚难以享受的境界
仿佛等候着我们道出这种感觉——
哦，这频繁发生在我们内部的，
却又是被什么东西外在地强化了的
可疑而神秘的孤独！

2009年2月—3月16日